PUTOVANJE U PROŠLOST

Putovanje u prošlost

ALDIVAN TORRES

Canary Of Joy

Contents

1   1

1

Putovanje u prošlost
Aldivan Torres
Putovanje u prošlost

Autor: Aldivan Torres
© 2019-Aldivan Torres
Sva prava pridržana

Ova knjiga, uključujući sve dijelove, zaštićena je autorskim pravima i ne može se reproducirati bez odobrenja autora, preprodati ili prenijeti.

-

Kratka biografija: Aldivan Torres, rođen u Brazilu, konsolidirani je pisac u raznim žanrovima. Do sada su naslovi objavljeni na desecima jezika. Od malih nogu uvijek je zaljubljenik u pisanje, konsolidiravši profesionalnu karijeru od druge polovice 2013. Nada se da će svojim tekstovima pridonijeti međunarodnoj kulturi, probudivši zadovoljstvo čitanja onima koji nemaju navika. Vaša je misija osvojiti srce svakog vašeg čitatelja. Uz književnost, glavna diverzija su mu glazba, putovanja, prijatelji, obitelj i užitak u samom životu. "Za književnost, jednakost, bratstvo, pravdu, dostojanstvo i čast ljudskog bića uvijek je" njegov moto.

Sadržaj knjige
Gdje sam?

Prvi dojam
Hotel
Večera
Šetnja selom
Crni dvorac
Ruševine kapele
Redoslijed
Sastanak stanovnika
Odlučujući razgovor
Vizija
Početak
Željeznica
Pokret
Dolazak u bungalov
Sastanak s gradonačelnikom
Sastanak farmera
Povratak kući
Najava
Prvi dan rada
Piknik
Silazak s planine
Majorove zloupotrebe
Masa
Razmišljanja
Vodopad zvan Sucavão
Trgovina
Slučaj krave

Gdje sam?
　　　Probudim se i shvatim da sam sama. Što se dogodilo s Renatom? Može li biti da nije preživio putovanje kroz vrijeme? Eto, to je bilo sve što sam u tom trenutku mogao zaključiti. Čekati? Gdje sam? Ne znam ovo mjesto. Nema tla, nema neba i to je potpuni vakuum. Nešto

dalje od mjesta na kojem se nalazim, opažam susret ljudi u povorci, svi odjeveni u crno. Prilazim im da saznam o čemu se radi. Ne volim biti sama na nepoznatim mjestima. Približivši se, shvaćam da ovo nije baš povorka, već sprovod. Lijes stoji u samom središtu kojeg drže troje ljudi. Idem do jednog od ljudi koji su prisutni.

"Što se događa? Čiji je ovo pokop?

"Ono što se pokopava je vjera i nada tih ljudi.

"Što? Kako?

Ne mogavši to razumjeti, odlazim s pogreba. Što su radili ti luđaci? Koliko sam znao, sahranjivali ste mrtve, a ne osjećaje. Vjera i nada nikada ne smiju biti pokopane, čak i ako je to očajna situacija. Pokop nestaje u horizontu. Pojavljuje se sunce i na vrhu ravnice može se vidjeti intenzivno svjetlo. Svjetlost je prodorna i proždire cijelo moje biće. Zaboravljam na sve nevolje, tuge i patnje. To je vizija Stvoritelja i osjećam se potpuno opušteno i uvjereno u njegovu prisutnost. U ravnini ispod sjene nadire s njom zločinci. Vizija tame me zagorčava. Dvije odvojene ravnice predstavljaju "suprotstavljene sile" s kojima se osoba neprekidno suočava u svemiru. Na strani sam dobra i naporno ću se truditi da ono uvijek prevlada. Dvije ravnice nestaju iz mog vida i sada mi ostaje samo prazan prostor. Zemlja se pojavi, plavo nebo zasja i u trenu se probudim, kao da sve nije ništa drugo nego san.

Prvi dojam

Pravo buđenje ostavlja me u dobrom raspoloženju. Čini se da je putovanje kroz vrijeme uspjelo. Uz sebe, još uvijek spava, čini mi se da Renato djeluje kao da je stvarno uživao u putovanju. Gdje sam? Za nekoliko trenutaka saznat ću. Pažljivo razmišljam o mjestu i čini mi se poznatim. Planine, vegetacija, topografija, sve je isto. Čekati. Nešto je drugačije. Čini se da selo više nije isto. Kuće koje sada postoje šire se s jedne na drugu stranu, ako bi se složene u nizu ne bi sastojale od više od jedne ulice. Razumijem što se dogodilo: Putovali smo u vremenu, ali ne i u svemiru. Moram sići s planine da sve to promatram. Prilazim Renatu i počinjem ga tresti. Ne možemo gubiti vrijeme sa zakašnjenjima jer imamo točno trideset dana da pomognemo nekome koga još uvijek nisam ni upoznao. Renato se proteže i nevoljko se počinje sa mnom spuštati s planine. Mislim da još nije prebolio bitku putovanja kroz vrijeme. Još je dijete i treba moju njegu.

Sišli smo dobrim dijelom rute i Mimoso se sve više približava. Već možemo vidjeti djecu kako se igraju na ulici, perilice rublja na vreći na obližnjoj brani, mlade ljude koji se druže na malom lokalnom trgu. Što nas čeka? Pitam se kome treba pomoć. Svi ovi odgovori dobit će se tijekom knjige. Nešto se ističe na nebu Mimoso: Tamni oblaci ispunjavaju cijelo okruženje. Što to znači? Morat ću to saznati. Naši se koraci ubrzavaju i udaljeni smo stotinjak metara od sela. Sjeverno je uzvišen, moderan i lijep dom. Mora služiti kao prebivalište nekome važnom. Na zapadu se među kućama ističe crni dvorac. Zastrašujuće je samo izgledom. Napokon stižemo. Nalazimo se u središnjoj regiji gdje se nalazi većina kuća. Moram pronaći hotel za odmor jer je putovanje bilo dugo i zamorno. Torbe mi teško teže na rukama. Razgovaram s jednim od stanovnika koji mi kaže gdje ga mogu naći. Nešto je južnije od mjesta gdje smo bili. Odlazimo tamo.

Hotel

Put odakle smo bili do hotela nije izveden mirno. Samo su nas malo promatrali ljudi koje smo sreli. Među tim ljudima istaknule su se neke figure: žena sa šeširom u stilu Carmen Mirande, dječak s tragovima biča na leđima i tužna djevojka u pratnji trojice snažnih muškaraca koji su joj se činili tjelohranitelji. Svi su se ponašali neobično kao da ovo selo nije obična zajednica. Ispred smo hotela. Izvana se može opisati ovako: Jednokatna rezidencija od opeke, površine približno 1600 četvornih metara s kućnim stilom, obrnutim krovom u obliku slova V. Prozor i ulazna vrata su drveni i prekriveni su otmjenim zavjesama. Postoji mali vrt u kojem raste cvijeće raznih vrsta. Ovo je bio jedini hotel u Mimoso, pa smo obaviješteni. U susjedstvu, samo nekoliko metara dalje, bila je benzinska pumpa. Pokušavao sam pronaći zvono, ali nisam mogao. Sjetio sam se da smo vjerojatno bili u davnijim vremenima, a uz to smo bili i na selu gdje civilizacijski napredak još nije stigao. Rješenje je, da bi se poslušalo, bila upotreba stare metode vike koja budi čak i okorjelu gluhu.

"Zdravo! Itko tamo?

Ubrzo, vrata zaškripe i tako se pojavi lik veličanstvene žene otprilike šezdeset godina svijetlih očiju i crvene kose. Bila je mršava, rumenih obraza, a analizom lica samo je malo uzrujana.

" Kakva je ovo buka u mojoj ustanovi? Nemate manira?

"Žao mi je, ali to je bio jedini način da privučem vašu pažnju. Jeste li vlasnik hotela? Trebat će nam smještaj trideset dana. Platit ću vam izdašno.

"Da, vlasnik sam ovog hotela više od trideset godina. Zovem se Carmen. Na raspolaganju mi je samo jedna soba. Jesi li zainteresiran? Hotel nije luksuzan, ali nudi dobru hranu, prijatelje, redoviti smještaj i određenu obiteljsku atmosferu.

" Da, prihvatit ćemo. Stvarno smo umorni jer smo imali dugo putovanje. Udaljenost odavde do glavnog grada je otprilike sto četrdeset milja.

"Pa onda je soba vaša. Ugovorne osnove shvatit ćemo kasnije. Dobrodošli. Uđite i opustite se. Osjećajte se kao kod kuće.

Prolazimo kroz vrt koji daje pristup ulazu. Dobar odmor i dobra hrana zaista mogu izgraditi našu snagu. Ova gospođa koja nam je odgovorila i koju smo sada slijedili bila je jako dobra. Boravak u hotelu ne bi bio tako jedoličan. Kad je imala malo vremena, mogli smo razgovarati i bolje se upoznati. Uz to, morao sam otkriti kome bih morao pomoći i koje izazove moram prevladati kako bih ponovno ujedinio "suprotstavljene snage". To je predstavljao još jedan korak u mojoj evoluciji kao vidoviti.

Vrata otvara Carmen i ulazimo u malu sobu s namještajem koji karakteristično odgovara trenutnom vremenskom razdoblju i ukrašenom renesansnim slikama. Atmosfera je zaista vrlo poznata. Na klupi s desne strane sjede troje ljudi. Mladić, otprilike dvadeset godina, vitkih, crnih očiju i kose i vrlo lijepog izgleda; Čovjek od nekih četrdeset godina, dobre tjelesne građe, crne kose i smeđih očiju, mladolikog zraka u sebi i privlačnog osmijeha; i stariji muškarac, tamnoputi, kovrčava kosa, ozbiljnog stava i izraza lica. Carmen mi je pokazala da nas predstavi:

"Ovo je moj suprug Gumercindo (pokazujući na starijeg muškarca), a to su i moji drugi gosti: Rivanio (četrdesetogodišnjak), poznat je kao Vaninho, i polaznik je željezničke stanice i Gomes(mladić), zaposlenik je u poljoprivrednoj trgovini.

" Zovem se Aldivan, a ovo je moj nećak Renato.

Nakon održanih prezentacija, Carmen nas vodi u našu sobu. Prostrana je, lagana i prozračna. U njemu su dva kreveta i to me čini opuštenijom. Odložimo torbe, smjestimo se i u tom trenutku Carmen nas ostavlja. Malo ćemo se odmoriti, a kasnije ćemo večerati.

Večera

Nakon dobrog sna, probudio sam se s obnovljenim snagama. U hotelskoj sam sobi zajedno s Renatom. Svjesna me teži kad shvatim da sam govorio laži. Nisam iz Recife niti mi je Renato nećak. Međutim, bilo je najbolje. Još uvijek zapravo ne znam ljude kojima sam se predstavio. Bolje je ostati u defenzivi jer je povjerenje nešto što zarađujete. Kad malo bolje razmislim, ako bih rekao istinu, nazvali bi me ludim. Istina je da sam se popeo na planinu u potrazi za svojim snovima; Izveo sam tri izazova i ušao u strašnu špilju očaja. Izbjegavajući zamke i scenarije, postao sam vidjelac i krenuo sam u putovanje kroz vrijeme u potrazi za nepoznatim. Sad sam bio tamo u potrazi za odgovorima. Ustanem iz kreveta, probudim Renato i zajedno krenemo u blagovaonicu. Bili smo gladni jer nismo jeli otprilike šest sati.

Ušli smo u blagovaonicu, pozdravili se i sjeli. Gozba je raznolika i tipična je sjeveroistočna: kukuruzna kaša s mlijekom ili varivo od kukuruznog brašna s piletinom su opcije. Za desert, čokoladna torta. Razgovor započinje i svi u njemu sudjeluju.

" Pa, gospodine Aldivan, čime se bavite i što vas dovodi do ovog majušnog mjesta? Ispitivana Carmen.

"Ja sam novinar i novinar uz učitelja matematike. Poslale su me novine iz glavnog grada kako bih pronašao dobru priču. Je li istina da ovo mjesto krije duboke misterije?

"Pretpostavljam. Međutim, zabranjeno nam je razgovarati o tome. Ako niste znali, živimo prema zakonima i naredbama carice Clemilda. Ona je moćna čarobnica koja koristi mračne sile da kazni one koji ne poslušaju. Budite oprezni: može sve čuti.

Na sekundu se gotovo zagrcnem hranom. Sad sam shvatio značenje tamnih oblaka. Ravnoteža "suprotstavljenih snaga" je prekinuta. Ova zla žena blokirala je sunčeve zrake, njegovu čistu svjetlost. Ovakva situacija nije mogla ostati dugo, jer bi inače Mimoso mogao stradati zajedno sa svojim stanovnicima.

" Je li istina da novinari puno lažu? Pita Rivanio.

"To se ne događa, barem u mom slučaju. Trudim se biti vjeran svojim uvjerenjima i vijestima. Pravi novinar je onaj koji je ozbiljan, etičan i strastven u svojoj profesiji.

"Jesi li oženjen? Koji su vaši životni ciljevi? Pita Carmen.

"Ne. Jednom mi je netko rekao da će mi Bog poslati nekoga. Trenutno sam usredotočen na svoje studije i na svoje snove. Ljubav će jednog dana doći, ako je to moja sudbina.

"Gospodine. Gumercindo, pričaj mi o Mimoso.

" Kao što je rekla moja supruga, gospodine, zabranjeno nam je razgovarati o tragediji koja se ovdje dogodila prije nekoliko godina. Otkako je Clemilda počela vladati, naši životi nisu isti.

Emocije su preplavile sve koji su bili u sobi. Suze su ustrajno curile niz lice Gumercindo. Ovo je bilo lice siromaha koji se umorio od okrutne diktature ove čarobnice. Život je tim ljudima izgubio smisao. Preostalo je samo da umru s vrlo malo nade da će im netko pomoći.

"Smiri se svi. Nije kraj svijeta. Ovo stanje ne može trajati jako dugo. Suprotstavljene sile svijeta trebale bi ostati u ravnoteži. Ne brini. Ja ću ti pomoći.

"Kako? Vještica ima moći nad ljudima. Njene pošasti uništile su mnoge živote. (Gomes)

" Snage dobra su također snažne. Oni su ovdje sposobni uspostaviti mir i sklad. Vjeruj mi.

Čini se da moje riječi nemaju željeni učinak. Razgovor se mijenja i ne mogu se koncentrirati na to. O čemu su razmišljali ti ljudi? Bogu je doista stalo do njih. Inače se ne bih popeo na planinu, suočio s izazovima, prevladao špilju i susreo se sa čuvarom. Sve je to bio znak da se stvari mogu promijeniti. Međutim, nisu znali. Strpljenje je bilo potrebno da ih uvjerim da mi kažu istinu ili mi barem pokažu put. Završavam večeru zajedno s Renatom. Ustajem od stola, opravdavam se i odlazim spavati. Sljedeći dan bit će mi presudan u planovima.

Šetnja selom

Pojavljuje se novi dan. Izlazi sunce, ptice pjevaju, a svježina jutra obavija cijelu hotelsku sobu u kojoj se nalazimo. Probudim se osjećajući se grozno. Renato je već budan. Ispružim se, operem zube i istuširam se. Ono što sam čuo prethodne noći malo me brine. Kako je Mimoso mogla dominirati zla vještica? Pod kojim okolnostima? Tajanstvenost mi je bila previše duboka. Kršćanstvo je provedeno u Americi u šesnaestom stoljeću i od tada je postalo vrhovno, zauzdavajući čitav kontinent. Zašto je onda, upravo tamo, usred ničega, dominiralo zlo? Morao sam otkriti uzroke i razloge za to.

Izlazim iz sobe i odlazim u kuhinju doručkovati. Stol je postavljen i vidim neke dobrote: manioku, tapioku i krumpir. Počinjem se služiti jer se osjećam kao kod kuće. Ostali gosti stižu i također se ponašaju slično. Nitko ne dira temu prethodne noći i nitko se ne usuđuje ni jedno ni drugo. Carmen prilazi i nudi mi šalicu čaja. Prihvaćam. Čajevi su dobri za ublažavanje boli u srcu i podizanje duha. Vodim razgovor s njom.

" Možete li dobiti nekoga tko će me voditi dok sam u Mimoso? Htio bih obaviti nekoliko intervjua.

"Nije potrebno, draga moja. Mimoso nije ništa drugo nego selo.

" Bojim se da ste me pogrešno razumjeli. Želim nekoga tko je prisan s ljudima, nekoga kome mogu vjerovati.

" Pa, ne mogu jer imam mnogo dužnosti. Svi moji gosti rade. Imam ideju: Potražite Felipe, sina vlasnika Skladišta. Ima slobodnog vremena.

"Hvala na savjetu. Znam gdje se skladište nalazi u centru grada. Nazvat ću Renato i ići ćemo zajedno.

"Divno. Želim vam sreću.

Zovem Renato koji je još uvijek u hotelskoj sobi. Nadam se da će doručkovati pa ćemo moći otići. Hoću li moći dobiti točne informacije o slučaju Mimoso? Bio sam nestrpljiv da znam. Renato završi svoj doručak, opraštamo se od Carmen i napokon odlazimo. Trg uz hotel prepun je mladih i djece. Mala djeca stoje okolo i razgovaraju jedni s drugima, a djeca se igraju. U prolazu promatram svo uzbuđenje. Skrećem zavojem prema centru grada i brzo dolazim do skladišta. Polaznik je muškarac star oko pedeset godina. Dajem znak čovjeku da dođe.

"Kako vam mogu pomoći?

" Tražim Felipe. Gdje je, molim te?

"Felipe je moj sin. Samo trenutak, nazvat ću ga. U skladištu je.

Muškarac se udalji i nedugo nakon povratka u pratnji mlade crvenokose, i dok je mršav građen poput muškarca od oko sedamnaest godina.

"Ja sam Felipe. Što ti je trebalo?

"Carmen me preporučila meni. Trebaš me pratiti na nekim intervjuima. Zovem se Aldivan, drago mi je.

" Svakako, zadovoljstvo mi je, pratit ću vas. Imam malo slobodnog vremena. Možemo započeti s ljekarnom koja je u susjedstvu. Vlasnik je poznavatelj mjesta jer je ovdje od osnutka.

"Sjajno. Idemo.

U pratnji Renato i Felipe odlazim u ljekarnu gdje ću obaviti prvi intervju. Činjenica da nisam pravi novinar čini me pomalo nervoznom i tjeskobnom. Nadam se da ću dobro proći. Napokon, popeo sam se na planinu, izveo tri izazova i položio test špilje. Jednostavan intervju neće me srušiti. Po dolasku u ljekarnu, odmah ćemo prisustvovati. Upoznali smo se s vlasnikom. Molim da ga intervjuirate i on pristane. Povlačimo se na prikladnije mjesto gdje možemo biti sami i razgovarati. Započinjem intervju sramežljivo.

" Je li istina da ste jedan od najstarijih stanovnika, jedan od osnivača ovog mjesta?

" Da, i nemojte me zvati gospodine. Zovem se Fabio. Mimoso se doista počeo isticati još od ugradnje željezničkog odjela. Napredak i moderna tehnologija stigli su 1909. vlakovima Great Western. Britanski inženjeri Calander, Tolester i Thompson dizajnirali su tračnice željezničke pruge, izgradili kolodvorske zgrade i Mimoso je počeo rasti. Trgovina je provedena i Mimoso je postao jedno od najvećih skladišta u regiji, odmah iza Carabais. Mimoso je suđeno da raste i zato sam ovdje.

"Je li ovdje život uvijek bio uglađen ili je doživio tragične događaje?

" Da, bilo je. Barem do prije godinu dana. Od tada više nije isto. Ljudi su tužni i izgubili su svaku nadu. Živimo pod diktaturom. Porezni teret je previsok, nemamo slobodu govora i moramo svoje glasove prepustiti skrivenim silama. Religija je za nas postala sinonim za ugnjetavanje. Naši su bogovi okrutni bogovi koji žele krv i osvetu. Izgubili smo stvarni kontakt s Bogom Ocem, Jednim i Jedinim.

" Reci mi što se dogodilo prije godinu dana.

"Ne želim, a ne mogu ni razgovarati o tragediji. To je vrlo bolno.

"Molim te, trebaju mi ove informacije.

"Ne. Moja bi obitelj patila da vam kažem. Duhovi mogu sve čuti i rekli bi Clemilda. Nisam mogao toliko riskirati.

Inzistiram, iznova i iznova, ali on postaje uporan. Strah ga je učinio kukavicom i maloumnim. Povlači se iz mjesta bez dodatnih objašnjenja. Sama sam, nemirna i puna pitanja. Zašto se toliko boje ove čarobnice? O kakvoj je tragediji govorio? Te su mi informacije trebale da znam na kojem terenu stojim. Bila sam vidjelica, nadarena za darove, ali to mi nije olakšalo. Kad bi ova Clemilda vladala mračnim silama, bila bi strašan protivnik. Crna magija sposobna je zarobiti bilo koje ljudsko biće, čak i ono najbolje naravi. Sukob "suprotstavljenih sila" mogao bi uništiti svemir i to mi je bilo najdalje u mislima. Trenutno je bio potreban oprez. Bilo mi je jasno da je ravnoteža "suprotstavljenih snaga" narušena i moja je misija bila je ponovno okupiti. Ali za to je bilo potrebno znati cijelu priču. Odlazim s tom mišlju. Pronalazim Renato i Felipe i odlazimo na nove intervjue. Nadam se da ću uspjeti.

Totalno sam frustrirana nakon intervjua. Nisam dobio sve potrebne podatke. Kakav sam novinar bio? Mislim da sam trebao pohađati tečaj novinarstva. Sve osobe s kojima sam razgovarao, pekar i kovač, ponovile su ono što sam već znala. Renato i Felipe pokušavaju me utješiti, ali ne mogu si oprostiti. Sad sam se izgubio, na kraju svijeta gdje civilizacija još nije stigla. Jedina informacija koju sam znao bila je da je Mimoso vladala zla vještica. Od vriska koji sam začula u špilji očaja još mi se zavrtjelo u glavi. Tko je bio toliko potreban mojoj pomoći? Koncentrirao sam se na ovaj vapaj i potpomognut svojim moćima došao sam u Mimoso putovanjem kroz vrijeme. Ciljevi ovog putovanja još mi nisu bili jasni. Skrbnik je govorio o ponovnom ujedinjenju "suprotstavljenih snaga", ali nisam imao pojma kako to učiniti. Ono što sam znao jest da još uvijek nisam imao potpunu kontrolu nad svojim „protivničkim snagama" i to me još više uznemirilo. E, sad nije bilo vrijeme za obeshrabrenje. Još sam imao dvadeset i osam dana da riješim ovaj problem. Sada je bilo najbolje vratiti se u hotel i skupiti snage kako bih trebala. Renato i Felipe bili su sa mnom i usput smo se bolje upoznali. Zaista su dobri ljudi. Ne osjećam se toliko usamljeno na ovom mjestu kojim dominiraju donje snage i prepuno misterija.

Crni dvorac

Treći smo dan nakon putovanja. Prethodni dan nije ostavio lijepe uspomene. Nakon razgovora, odlučio sam ostatak dana provesti u hotelu pronalazeći sebe. Ovo je bilo moje polazište: naći se kako bih riješio važne probleme. Renato mi još uvijek uopće nije pomogao. Mislim da je skrbnik pogriješio što ga je poslao sa sobom. Napokon, bio je samo dijete i kao takav nije imao puno odgovornosti. Moja je situacija bila potpuno drugačija. Bio sam mladić od dvadeset i šest godina, administrativni pomoćnik, s diplomom matematike i mnogim ciljevima. Nisam imala vremena razmišljati ni o ljubavi ni o sebi jer sam bila u misiji, iako nisam točno znala što je to. Jedina sigurnost koju sam imao bila je da sam se popeo na planinu, shvatio izazove, pronašao mladu djevojku, duha, dijete i skrbnika i položio testove u špilji. Postao sam vidjelac, ali to nije bilo sve. Morao sam neprestano prevladavati životne izazove. Pa, svanut će novi dan, a s njim i nove nade. Ustanem, istuširam se i doručkujem, operem zube i oprostim se od Carmen. Prethodni dan probudio je u meni novu ideju: upoznati svog neprijatelja izbliza i ukrasti mu informacije. To je bio jedini izlaz.

Izlazim na ulicu i vidim igralište i sve koji sjede na klupama. Ponašaju se normalno kao da su u normalnoj zajednici. Oni su se uskladili. Ljudska bića naviknu se na sve čak i za vrijeme propasti. Nastavljam hodati. Skrećem za ugao, upoznajem neke ljude i ostajem čvrst u svojoj odluci. Izazovi špilje pomogli su mi da izgubim strah od bilo kakvih okolnosti. Pronašao sam troja vrata koja predstavljaju strah, neuspjeh i sreću. Odabrala sam sreću, a ostatak sam riješila. Bila sam spremna za nove izazove. Skrećem još jedan ugao i dolazim na zapadnu stranu sela. Pojavljuje se veliki dvorac. To je impozantna zgrada sastavljena od dvije glavne kule i sekundarne kule. Rezidencija je zidana crnom bojom. Loš ukus, tipičan za negativca. Srce mi ubrzava i koraci. Budućnost Mimoso ovisila je o mom stavu. Ugroženi su bili nevini životi i ne bih dopustio više nepravde. Pljećem rukama nadajući se da ću privući pažnju nekoga u kući. Robustan dječak, visok i tamnoput, izlazi iz kuće.

"Što vam je trebalo?

" Ovdje sam da vidim Clemilda.

" Sad je zauzeta. Dođi drugi put.

"Pričekaj trenutak. To je važno. Ja sam novinar Daily Journal a i došao sam napraviti poseban izvještaj o njoj. Dajte mi samo pet minuta.

"Reporteri? Pa, mislim da će joj se to svidjeti. Najavit ću vaš dolazak.

"Nema potrebe. Dopustite mi da pođem s vama.

Čovjek signalizira "da", a ja započinjem brojne stepenice koje omogućuju pristup ulaznim vratima. Drhtaj mi prolazi tijelom, a ustrajni glasovi upozoravaju me da ne ulazim. Mačka prolazi i mami svojim žestokim kandžama. U sebi se molim da mi Bog da snage da izdržim bilo koju situaciju. Dječak me prati, a mi ulazimo. Vrata daju pristup velikom ukrašenom predsoblju ispunjenom bojama i životom. S desne strane ima pristup u još tri komore. U središtu su slike svetaca s rogovima, lubanjama i drugim grešnim predmetima. Na lijevoj strani su čudne slike. Scenarij je stravičan i ne mogu ga u potpunosti opisati. Negativne sile dominiraju mjestom i vrti mi se u glavi, jer je ovo sukob "suprotstavljenih snaga". Čovjek se zaustavi ispred jednog pretinca i pokuca. Vrata se otvaraju, dim se diže i pojavljuje se debela, crna žena snažnih crta lica, stara oko četrdeset godina.

" Čemu dugujem čast proroka koji me osobno dolazi u posjet?

Ona daje znak muškarcu da nestane. Potpuno sam zbunjen njezinim stavom. Kako me je poznavala? Je li moguće da je znala za planinu i špilju? Kakve je neobične moći posjedovala ta žena? To i mnoga druga pitanja prošla su mi kroz glavu u tom trenutku.

"Vidim da me poznaješ. Tada biste trebali znati zašto sam došao ovdje. Želim znati o tragediji i o tome kako ste dominirali nad tako mirnim mjestom.

"Tragedija? Kakva tragedija? Ovdje se ništa nije dogodilo. Samo sam malo izmijenio mjesto kako bi postalo ugodnije. Ljudi sa njihovom lažnom srećom ... išli su mi na živce i odlučio sam to promijeniti. Mimoso je postao moje vlasništvo i čak ni ti ne možeš ništa učiniti s tim. Tvoje psihičke moći nisu ništa u usporedbi s mojima.

"Svaki negativac je samozadovoljan i ponosan. Oboje znamo da se ovakva situacija ne može dugo nastaviti. "Suprotstavljene sile" moraju ostati u ravnoteži u cijelom svemiru. Dobro i zlo ne mogu se suprotstaviti jer u suprotnom svemir prijeti nestanku.

" Nije me briga za svemir ili njegove ljude! Oni su samo kukci. Mimoso je moja domena i to morate poštivati. Ako mi se suprotstaviš, patit ćeš. Samo moram spomenuti jednu riječ majoru i dat ću vas uhićenja.

"Prijete li mi? Ne bojim se prijetnji. Ja sam vidjelac koji se popeo na planinu, završio tri izazova i pobijedio špilju.

"Idite odavde, prije nego što vas skuham u svom kotlu. Muka mi je od tvoje vrline. To mi se gadi.

" Otići ću, ali sastat ćemo se opet. Na kraju uvijek prevlada dobro.

Vrlo brzo je napuštam i odlazim do vrata. Dok odlazim, još uvijek čujem njene šale. Zaista je prilično luda. Moja pitanja ostaju bez odgovora, a ja ostajem besciljna i bez ikakvih znakova. Sastanak s Clemilda nije ispunio moj cilj.

Ruševine kapele

Po izlasku iz crnog zamka odlučujem se krenuti drugim putem. Želim vidjeti još dio grada i njegovih ljudi. Hodajući prema istoku, pronađem ih i pokušam razgovarati. Međutim, oni me izbjegavaju. Njihovo je nepovjerenje još veće jer sam nepoznati, mladi izvjestitelj. Ne znaju moje istinske namjere. Želim spasiti Mimoso, pronaći osobu koju tražim i spojiti "suprotstavljene snage" kako je skrbnik tražio od mene. Ali za to je bilo potrebno posuditi malo iz povijesti mjesta i točno znati sve moje neprijatelje. Morao bih sve to otkriti što je prije moguće jer sam imao rok za sastanak. Uspon na planinu, izazovi, špilja, sve je to bilo neophodno znanje da bih znao kakav je život i kako ga ljudi žive. Bilo je vrijeme da se to provede u praksi. Skrećem iza ugla i nekoliko metara ispred nailazim na hrpu ruševina. Razmišljam o nedostatku organizacije mjesta i njegovih ljudi. Smeće slobodno pluta među društvom i može prenositi bolesti i služiti kao rasadnik životinja i insekata; ovo je bilo štetno za čovjeka. Priđem bliže kako bih bolje pogledao nesreću mjesta. Čekati. Nešto je drugačije u ovom smeću. Pokopan, vidim ogromno drveno raspelo kao da je iz kapelice. Bolje premještam smeće i jasno vidim: To je raspelo. Nakon dodirivanja, val vrućine prolazi kroz cijelo moje tijelo i počinjem vizije. Vidim krv, patnju i bol. Na trenutak se nađem na tom mjestu i sudjelujem u prošlim događajima. Maknem ruku s raspela. Nisam još spreman. Treba mi malo vremena da upijem sve što sam osjetio za manje od tri sekunde. Križ nekako pojačava moje moći i počinjem osjećati djelovanje sile koja se suprotstavlja mojoj.

Redoslijed

Moj posjet zastrašujućoj, mračnoj čarobnici po imenu Clemilda nije je učinio sretnom. Nikad joj se nije proturječilo. Njezina domena nad zajednicom Mimoso bila je potpuno neograničena. Međutim, nije računala na snagu dobra koja će me poslati na putovanje unatrag u mjesto. Odmah nakon mog odlaska iz dvorca, ponovno se okupila sa vaše sluge, Totonho i Cleide i konzultirali su okultne snage. Ušli su u lijevi pretinac smješten u dvorani i uzeli, kao žrtvu, malu svinju. Vještica je uzela knjigu i počela čitati sotonske molitve na drugom jeziku i ona i njezini prijatelji su počeli žrtvovati jadnu životinju. Trag krvi ispunio je odjeljak i negativne su se sile počele koncentrirati. Prirodno osvjetljenje područja bilo je prigušeno i čarobnica je počela ludo vrištati. U kratkom vremenu tama je zavladala ogradom i kroz zrcalo su se otvorila vrata komunikacije između dva svijeta. Clemilda je nastupila s poštovanjem prema svome Gospodaru i počela se pozivati na njega. Ona je jedina na tom spoju imala tu sposobnost. Grešno proročište i njezin receptor neko su vrijeme bili u punoj zajednici. Ostali su samo promatrali cijelu situaciju. Nakon sastanka mrak se razišao i stranica se vratila u početno stanje. Clemilda se povratila od utjecaja razgovora, nazvala svoje pomagače i rekla im:

" Sljedeću naredbu proširite po zajednici: Tko god, muškarac ili žena, da bilo kakve podatke muškarcu koji se zove Prorok, strogo će se kazniti. Njegova ili njena smrt bit će tragična i označit će njihov prelazak u carstvo tame. Ovo je naredba kraljice Clemilda za čitav Mimoso.

Sluga Clemilda na brzinu pošli su ispuniti naredbu da vijest priopće stanovnicima sela, susjednim mjestima i poljoprivrednim zemljištima.

Sastanak stanovnika

Uz naredbu koju je izdala Clemilda, stanovnici su bili još suzdržaniji po tom pitanju. Fabio, vlasnik ljekarne i predsjednik udruge vlasnika kuća, sazvao je hitan sastanak s glavnim čelnicima mjesta. Sastanak je zakazan za 10:00 u zgradi udruge u centru grada. Oni bi razmatrali moj slučaj.

U dogovoreno vrijeme, glavna dvorana zgrade bila je u potpunosti ispunjena. Prisutni su bili major Quintino, delegat Pompeu, Osmar (poljoprivrednik), Sheco (vlasnik skladišta) i Otavio (vlasnik poljoprivredne trgovine), između ostalih. Fabio, predsjednik, započeo je sjednicu:

"Pa moji prijatelji, kao što svi znate, Clemilda je jučer popodne izdala naredbu. Nitko ne smije prosljeđivati nikakve informacije subjektu koji se zove "Prorok" koji boravi u hotelu. Vidim da je taj pojedinac vrlo opasan i mora biti obuzdan. Čak je pokušao prikupiti neke podatke od mene, ali nije uspio. Želio je znati za tragediju.

"Prorok? Nisam čuo za ovu osobu. Od kuda on dolazi? Tko je on? Što želi od našeg malog sela? (Upitani bojnik)

" Lako, bojnice. To još uvijek ne znamo. Jedina informacija koju imamo je da je tajnoviti autsajder. Moramo odlučiti što ćemo s njim. (Fabio)

" Čekajte malo, momci. Koliko znam da nije zločinac. Moj sin Felipe pratio ga je u šetnji do grada i rekao mi je da je dobra, poštena osoba. (Sheco)

" Izgled može zavarati, sine. Ako je Clemilda nam naredila ovaj red, tada je taj čovjek za nas postao opasnost. Morat ćemo ga protjerati što prije. (Otavio)

"Ako su vam potrebne moje usluge, dostupan sam. (Pompeu, delegat)

Manji poremećaj javlja se u sklopu. Neki počinju prosvjedovati. Pompeu ustaje, savjetuje se s bojnikom i kaže:

" Uhapsimo ovog čovjeka. U zatvoru ćemo mu postaviti sva potrebna pitanja.

Skupina se rastavlja s naredbom da me uhiti. Mogu li biti da sam zločinac?

Odlučujući razgovor

Napuštam ruševine kapele i počinjem hodati prema hotelu. Moje šesto čulo govori mi da sam u opasnosti. Zapravo, otkad sam u Mimoso, uvijek me upozorava kamo idem. Selo u kojem dominiraju mračne sile nije bio dobar izbor za odmor. Međutim, morao bih ispuniti obećanje dano čuvaru planine: Okupiti "suprotstavljene snage" i pomoći vlasniku onog vriska koji sam čuo u špilji očaja. Nikad nisam mogao napustiti ovu misiju. Koraci mi se ubrzavaju i ubrzo stižem u hotel. Otvorim vrata, odem u kuhinju i pronađem Carmen, svoju posljednju nadu. Osjetio sam dovoljno hrabrosti i računao na dobrotu koja će mi pomoći.

"Gospođa. Carmen, moram razgovarati s vama gospođo.

"Reci mi, Aldivan, što želiš?

"Želim znati sve o tragediji i povijesti Mimoso.

"Sine moj, ne mogu. Zar ne znate najnovije? Clemilda je prijetila da će ubiti sve one koji vam daju informacije.

"Znam. Ona je zmija. Međutim, ako mi ne pomognete, Mimoso će još više potonuti i riskirati da nestane.

"Ne vjerujem. Truli nikad ne propadaju. To sam naučio od kada je ona počela vladati.

Nekoliko je trenutaka zavladala tišina i shvatila sam da ako ne kažem istinu, neću imati odgovora. Moji otmičari su se pripremali za napad.

" Carmen, pažljivo slušaj što ću reći. Nisam ni novinar ni izvjestitelj. Zapravo, putnik sam kroz vrijeme čija je misija vratiti ravnotežu koja je Mimoso toliko potrebna. Prije nego što sam došao ovdje, popeo sam se na planinu Ororubá; Izveo sam tri izazova, pronašao mladića, čuvara, duha i Renato. Prevladavajući izazove, stekao sam pravo ući u špilju očaja, špilju koja može ostvariti i najdublje snove. U špilji sam izbjegavao zamke i napredovao kroz scenarije koje niti jedno ljudsko biće nikada nije nadmašilo. Špilja me učinila prorok, sposobnim nadići vrijeme i udaljenost da riješim pritužbe. Sa svojim novim moćima mogao sam putovati u prošlost i stići ovdje. Želim ponovno okupiti "suprotstavljene snage", pomoći nekome koga ne poznajem i srušiti tiraniju ove opake vještice. Na kraju, moram sve znati i znati što si sve u stanju otkriti. Dobra ste osoba i poput ostalih ovdje zaslužujete biti slobodni onako kako nas je Bog stvorio.

    Carmen je sjela na stolac i postala emotivna. Obilne suze klizile su joj ispod lica sazrelog od patnje. Držao sam je za ruke i pogledi su nam se u trenu sreli. Na trenutak sam se osjećao kao da sam u prisutnosti vlastite majke. Ustala je i dala mi znak da je pratim. Zaustavili smo se pred vratima.

    "Odgovore koji su vam prijeko potrebni pronaći ćete ovdje u ovom spremištu. To je ono što mogu učiniti za vas: pokazati vam put. Sretno!

    Zahvaljujem joj i dajem joj blagoslovljeno raspelo. Ona se smiješi. Uđem u spremište, zatvorim vrata i naiđem na mnoštvo tiskanih novina. Gdje bi bila ta stvar koju tražim?

Vizija

    Sjedam na jedinu dostupnu stolicu, podupirem se za mali stolić i počinjem listati novine koje pronađem. Svi su iz razdoblja 1909"1910. Čitam samo naslove, ali čini se da oni nemaju puno veze s onim što tražim. Neki govore o Pesqueira i drugim općinama u regiji, ali obrađena pitanja odnose se na pitanja zdravstva, obrazovanja i politike. Što zapravo tražim? Tragedija koja je mogla protresti ovo malo mjesto i učiniti ga poljem tame. Stalno listam novine i čini mi se da će ovo biti dosadan i monoton zadatak. Zašto mi Carmen nije jednostavno rekla izravno? Nisam li mogao biti pouzdan? Bilo bi puno jednostavnije. Opet se sjećam planine, izazova i špilje. Nije uvijek najjednostavniji način bio lakši, jasniji ili opipljiviji. Počinjem to pomalo shvaćati. Napokon, bila je pod vlašću podle, okrutne i arogantne vještice. Pokazala mi je put, točno kako je rekla i mislim da bi to bilo dovoljno da pobijedim, ostvarim svoje ciljeve i budem sretna. Stalno prelistavam novine i uzimam vrećicu onih iz 1910. Ako sam se dobro sjetio, to je bila godina tragedije kako me je Fabio obavijestio u intervjuu. Počinjem čitati naslove i vijesti. Morao sam provjeriti sve mogućnosti.

Nakon sat vremena čitanja i ponovnog čitanja novina nisam našao ništa što bi mi privuklo pažnju. Sve što sam mogao pronaći bilo je o ruralnim vijestima, sportu i drugim rubrikama. Nada da ću pronaći vijesti bila je u ovoj papirnatoj vrećici iz 1910. godine koju sam uzeo. Čekati. Ako se ta tragedija zaista dogodila, to bi zasigurno trebala biti u novinama koje su bile posebno odvojene, jer je ovo bila tako velika vijest. Počinjem pretraživati ladice ormarića pored stola. Nalazim razne novine s različitim datumima. Jedan me pogađa: To je od dana 10. siječnja 1910. i ima sljedeći naslov: Christine, mlado čudovište. Mislim da sam pronašao ono što sam tražio. Dodirnuvši papir, udari me hladan vjetar, srce mi ubrza i poput putovanja kroz vrijeme iskusim viziju ove povijesti.

Početak

Počelo je dvadeseto stoljeće, a s njim i pojava prvih pionira zemlje smještene zapadno od Pesqueira. Prvi koji su otišli bili su major Quintino i njegov prijatelj Osmar podrijetlom iz države Alagoas i koji su prisvojili zemlje koja su bila vlasništvo domorodaca. Domoroci su izbačeni, poniženi i ubijeni. Njih su dvoje odlučili da se neće trajno preseliti u regiju jer ona nije imala strukturu prikladnu za njih.

S vremenom su došli i drugi ljudi koji su očistili puno mjesta za gradonačelnikov ured. Darovana je zemlja i izgrađene prve kuće. Tako je nastalo naselje. Nagodba je privukla neke trgovce u regiji zainteresirane za širenje poslovanja. Otvoreno je skladište, benzinska postaja, trgovina prehrambenih proizvoda, ljekarna, hotel i poljoprivredna trgovina. Izgrađena je osnovna škola koja će služiti kao intelektualna osnova za opću populaciju. Mimoso se zatim preselio u kategoriju sela koje je bilo pod sjedištem Pesqueira.

Željeznica

Od 1909. godine, veliki zapadni vlakovi stigli su u Mimoso donoseći napredak i tehnologiju na mirno mjesto. Britanski inženjeri

Calander, Tolester i Thompson bili su odgovorni za polaganje tračnica i izgradnju kolodvorskih zgrada. Europski utjecaj može se primijetiti i u zidanju drugih zgrada te u urbanim područjima Mimoso.

Implementacijom željeznice Mimoso (naziv dolazi od trave Mimoso, vrlo česte u regiji) postao je središte od komercijalne važnosti i regionalne političke važnosti. Strateški smješteno na granici zaleđa s divljinom, selo je konsolidirano kao mjesto dolaska i odlaska proizvoda iz mnogih općina Pernambuco, Paraíba i Alagoas. Pored željezničke pruge, zemljani put koji je povezivao Recife s divljinom prolazio je točno u njegovom središtu, pridonoseći napretku mjesta.

Stanovništvo Mimoso u osnovi su formirali potomci obitelji Portugalski podrijetla. Najmanji favorizirani dio stanovništva bili su potomci indijskog i afričkog podrijetla. Stanovnike Mimoso možemo okarakterizirati kao susretljiv i gostoljubiv narod.

Pokret

Konsolidacijom provedbe željeznice i posljedičnim napretkom u Mimoso, tragači u regiji (poljoprivrednici, bojnik Quintino i Osmar) odlučili su se nastaniti na licu mjesta kod svih njihovih obitelji.

Bio je 10. dan veljače 1909. Vrijeme je bilo lijepo, vjetar je bio sjeveroistočni i aspekt sela je bio što normalniji. Na horizontu se pojavljuje vlak u režiji inženjera Roberta koji dovodi nove lokalne stanovnike iz Recife: bojnika Quintino, njegovu suprugu Helenu, njegovu jedinu kćer Christine i njihovu sluškinju Gerusa, crnku iz Država Bahia. Unutar vlaka, u putničkom prostoru, otkriva se nemirna Christine.

"Majko, izgleda da stižemo. Kakav će biti Mimoso? Hoće li mi se svidjeti?

"Šuti, dijete moje. Ne budi toliko zabrinut. Uskoro ćete saznati. Važno je da smo zajedno kao obitelj. Uskoro ćemo se smjestiti i steći prijatelje.

Major promatra njih dvoje i odluči se pridružiti razgovoru.

" Ne trebaš brinuti. Ništa vam neće nedostajati. Izgradio sam prekrasnu kuću smještenu u jednom od zemalja koje posjedujem. To je pored sela. Zapamtite: Imat ćete punu slobodu da se povežete s ljudima na našoj društvenoj razini, ali ne želim da imate kontakt s nečistim ili vrlo siromašnim.

"To je predrasuda, tata! U samostanu u kojem sam boravio tri godine naučili su me poštivati svako ljudsko biće bez obzira na društvenu klasu, etničku pripadnost ili rasu, vjerovanje ili vjeru. Vrijedni smo onoga što držimo u svom srcu.

"Te su redovnice odvojene od stvarnosti jer žive samostanska povučenost. Ideje tvoje majke, koju više ne slušam.

" Oduvijek sam sanjao da je postala redovnica. Christine je za mene bila veliki Božji dar. Naučio sam je svim propisima religije koje sam poznavao. Kad je napunila petnaest godina, poslao sam je u ženski samostan jer sam bio siguran u njezino zvanje. Međutim, tri godine kasnije odustala je i još uvijek jako boli. Bilo je to jedno od najvećih razočaranja koje mi je ikad zadala.

"To je bio tvoj san, majko, a ne moj. Postoje beskrajni načini služenja Bogu. Nije potrebno da budem redovnica da bih Ga razumjela i razumjela njegovu Volju.

"Naravno da ne! "Sredit ću joj dobar brak. Već imam neke ideje. E, sad nije vrijeme da ja otkrijem.

Vlak zviždi signalizirajući da će se zaustaviti. Selo nastaje; Christine kroz jedan od prozora vidi sve ruralne aspekte mjesta. Srce joj se stegne i u tijelu osjeti laganu jezu. Njezine misli ispunjavaju sumnju tom slutnjom. Što ju je čekalo u Mimoso? Drži se kod nas, čitatelju.

Christine i Helen, sa suknjama s obručem, istiskuju se s izlaznih vrata vlaka. Major to ne voli. Četvorica izlaze i izazivaju određenu iskru znatiželje kod ostalih lokalnih stanovnika. Ponašaju se elegantno i raskošno. Major pozdravlja Rivanio iz uljudnosti. Od tada odlaze prema svom domu koji se nalazi na sjeveru sela.

Dolazak u bungalov

Christine, bojnica, Helen i Gerusa stižu u svoj novi dom. To je kuća od cigle i maltera, u stilu bungalova, oko 1600 četvornih metara izgrađene površine, okružena vrtom voćaka. Unutra se nalaze dva dnevna boravka, četiri spavaće sobe, kuhinja, praonica i kupaonica. Vani su objekti sa sobom i kupaonicom. Četvorica hoda u tišini dok major ne progovori.

"Pa, evo naše kuće koju sam sagradio prije nekoliko mjeseci. Nadam se da ti se sviđa. Prostrana je i udobna.

" Izgleda jako lijepo. Mislim da ćemo ovdje biti sretni. (Helen)

"Također se nadam, usprkos slutnji koju sam upravo imao. (Christine)

"Oznake su besmislica. Bit ćeš sretna, kćeri moja. Ovo je mjesto lijepo, ispunjeno dobrim i gostoljubivim ljudima. (Major)

Četvorica ulaze u kuću. Raspakiraju kofere i malo se odmore. Put je bio dug i naporan. Počevši od drugog dana, u potpunosti bi istražili mjesto.

Sastanak s gradonačelnikom

Pojavljuje se novi dan i Mimoso se predstavlja sa aspektima bilo koje ruralne zajednice. Poljoprivrednici izlaze iz svojih domova i pripremaju se za novi dan muke, čine to i trgovinski službenici. Djeca prolaze s majkama u smjeru novoosnovane škole. Magarci normalno cirkuliraju noseći svoj teret i ljude. U međuvremenu, u prekrasnom bungalovu, major se priprema za polazak. Krenuo je na sastanak u Pesqueira, s gradonačelnikom. Helen mu nježno poravna jaknu.

" Ovaj mi je sastanak vrlo važan, supruga. Važni gospodari zemlje trebaju biti tamo, poput pukovnika Carabais. Moram potvrditi svoje mjesto nad Mimoso.

" Bit ćete dobro, jer ste jedini na ovom mjestu s činom bojnika u Nacionalnoj gardi. Bila je dobra ideja kupiti tu poziciju.

" Naravno da je bilo. Ja sam čovjek od vizije i strategije. Otkad sam napustio Alagoas i došao ovdje, imao sam samo pobjede.

"Ne zaboravite tražiti mjesto za našu kćer Christine. Ništa nije radila. Obrazovanje koje je stekla u samostanu dovoljno joj je za obavljanje bilo kakvih dužnosti.

" Ne trebaš brinuti. Znat ću ga nagovoriti. Naša je kćer inteligentna i zaslužuje dobar posao. Pa, moram ići. Ne želim zakasniti na sastanak.

Poljupcem se major oprašta od svoje supruge Helene. Hoda prema vratima, otvara ih i odlazi. Njegove misli koncentriraju se na argumente koje će koristiti na saslušanju. Razmišlja o moći, slavi i društvenoj razmetljivosti koju će mu pružiti njegov čin bojnika. Sanja veliko. Sanja da postane guvernerov prijatelj i da time postigne još usluga. Napokon, bila mu je bitna samo moć i budućnost njegove kćeri, naravno. Drugi su u njegovoj igri postali puki pijuni. Pojačava ritam jer će za pet minuta vlak za Pesqueira krenuti. Na trenutak skrene pažnju na siromašne ljude koje vidi na putu. Kaje se i okreće lice na drugu stranu. Major misli da se ne može miješati sa svima. Ponizni i isključeni za njega računaju se samo u vrijeme izbora. Kad taj trenutak prođe, oni gube na vrijednosti i nakon toga bojnik više ne obraća pažnju na njihove zahtjeve ili potrebe. Siromašni, pod nadzorom pukovnika, neobrazovani su i daju ostavke. Major nastavlja hodati i prilazi željezničkoj stanici. Kad stigne, kupi kartu i brzo se ukrca.

U vlaku traži najbolje sjedalo i počinje se prisjećati svog djetinjstva. Bio je siromašan dječak iz predgrađa Maceió, koji je radio kao prodavač slatkiša. Sjeća se poniženja i kazni oca i tučnjava sa starijom braćom. Bila su to vremena koja je želio zaboraviti, ali njegovo ga je pamćenje tvrdoglavo odbilo prestati podsjećati. Njegovo najjače sjećanje je na tuču s maćehom i na nož kojim ju je ubio. Krv šiklja, vrišti, plače i on bježi od kuće nakon čina koji mu padne na pamet. Postaje prosjak i nedugo zatim upoznaje se s drogama, alkoholizmom i delinkvencijom. Utoni u taj svijet otprilike pet godina dok se jednog dana ne pojavi pobožna žena koja ga usvoji. Odrasta, postaje muškarac i upoznaje Helenu, kćer farmera, s kojom se ženi. Nešto nakon toga imaju prvu i jedinu kćer Christine. Preseljavaju se u Recife. Kupio je čin bojnika Nacionalne garde i putuje duboko u unutrašnjost tražeći zemlju. Osvaja sve od zapadne strane pa sve do Pesqueira. Preuzima zemlje i postaje vrlo moćan čovjek koji je poznat i poštovan. U svakom pogledu osjećao se velikim čovjekom. Život ga je naučio da bude snažan, proračunat i osvajač. Upotrijebio bi svo ovo oružje za postizanje svojih ciljeva. Još uvijek u vlaku primjećuje odmah iza sebe, ženu s djetetom u krilu. Sjeća se Christine i njezine nevinosti i slatkoće kad je bila mala. Sjeća se i rođendanskog poklona koji je poklonio Christine, krpenoj lutki. Poklanja joj poklon; ona ga zagrli i nazove dragim ocem. Postaje emotivan, ali ne može plakati jer muškarci to ne mogu raditi javno. Njegova mala Christine sada je bila lijepa i privlačna mlada dama. Morat će joj ugovoriti dobar brak i neke dužnosti. Razmišljajući o tome, zaspi u pomlađujućem drijemanju. Vlak se njiše; probudi se i upita džepni sat da vidi koliko je sati. Napominje da je to blizu vremena sastanka. Vlak ubrzava; Pesqueira se pojavljuje i njegovo se srce smiruje. Njegov um je sada koncentriran na sastanak i razmišlja o susretu sa svojim prijateljima farmerima. Vlak signalizira da će se zaustaviti i bojnik ubrzava svoj izlaz. Život je tražio žrtve i on je to znao više nego itko drugi. Vrijeme tijekom dječačkih i životnih iskustava još ga je više kvalificiralo. Vlak napokon staje i on žuri prema gradskom političkom sjedištu.

Sada je 8:00, a gorostasna zgrada već je potpuno ispunjena. Major uđe, pozdravi ljude koje poznaje i sjedne na jedno od prednjih sjedala rezerviranih za njega. Sjednica još nije započela. Glasan reket čuje se u cijelom generalštabu. Neki se žale na kašnjenje, drugi na rodbinu koja se nije mogla uklopiti u gradonačelnikov ured. Upravitelj zgrade uzalud pokušava kontrolirati situaciju. Napokon dolazi gradonačelnikova tajnica, traži šutnju i svi je poslušaju. Najavljuje:

" Njegova ekselencija, gradonačelnik Horacio Barbosa, obratit će vam se sada.

Gradonačelnik ulazi, ispravlja odjeću i priprema se za govor.

"Dobro jutro, dragi moji sunarodnjaci. S velikim zadovoljstvom vas pozdravljam u ovom mjestu koje predstavlja snagu i snagu naše općine. S velikom sam vas radošću pozvao ovdje da razgovaramo malo o našoj općini i osnaživanju političkih predstavnika Mimoso i Carabais. Naša općina puno raste u komercijalnom sektoru i poljoprivredi. Na granici

divljine sa zaleđima imamo Mimoso kao glavno trgovačko mjesto. Ovdje je prisutan vaš politički predstavnik, bojnik Quintino. U zaleđu imamo Carabais, a svojim poznatim uzgojem uspio je gradu donijeti mnoge dividende. Pukovnik Carabais, gospodin Soares, također je ovdje. Turizam naše općine također se razvija nakon uspostavljanja željezničke pruge. Kao što vidite, naša općina raste. . . . .
. . . .
. . . .
. . . .
. . . .
. . . .
. . . .
. . . . . . Na kraju, želio bih predstaviti gospodina Soares i gospodina Quintino. Pljeskajmo im.

Skupština stoji i plješće im oboma.

"Sa svojim ovlastima gradonačelnika, sada vas proglašavam zapovjednicima vašeg mjesta. Vaša je funkcija vladati željeznom pesnicom interesima javnosti, nadzirati naplatu poreza i održavati zakon i pravdu u skladu s našim interesima. Obećavam da ću vam pomoći u svakom pogledu.

Njih se nagrađuju i svi plješću. Quintino daje znak gradonačelniku i obojica se povlače s govornice. Vodili bi privatni razgovor. Njih dvoje ulaze u zabranjenu sobu.

" Pa, Vaša Ekselencijo, zamolio sam vas za trenutak jer imam dva pitanja o kojima bih trebao razgovarati s vama. Prvo, želim veći postotak na naplati poreza. Drugo, posao za moju kćer Christine. Kao što znate, Mimoso je nakon željeznice postao trgovačko mjesto od velike važnosti, a time je i dobit prefekture proporcionalno porasla. Tada želim postati jači i moćniji i tko zna, čak biti vaš nasljednik. Uz to, želim dobar posao i dobru plaću za svoju kćer Christine. U posljednje je vrijeme prilično ... statična.

" Što se tiče dobiti, vaše pitanje postaje nemoguće. Grad ima mnogo troškova, a moja administracija je transparentna i ozbiljna. Osobno ne mogu učiniti ništa. Što se posla tiče, tko zna, mogu joj dati nastavničko mjesto.

"Kako to? Vaša je uprava transparentna i ozbiljna? Korupcija je ovdje notorna! Sjetite se dobro da sam podržao vašeg guvernera i dobio sam znatan postotak glasova. Ako mi ne date ono što tražim, podrška je isključena.

Gradonačelnik je bio tih, razmišljao je i razmišljao o svom uredu. Bacio je pogled na Quintino i komentirao.

"Zaista si užasan. Ne želim biti jedan od tvojih neprijatelja. Vrlo dobro. Povećat ću vaš postotak i dati ću mjesto poreznice vašoj kćeri. Kako to?

Lagani osmijeh ispunio je lice bojnika Quintino. Njegovi argumenti bili su dovoljni da uvjere gradonačelnika. Doista je bio pobjednik i ratnik.

"Vrlo dobro. Prihvaćam. Hvala na razumijevanju, Vaša Ekselencijo.

Quintino se oprostio i povukao iz sobe. Sastanak je prekinut i svi su se povukli iz dvorane.

Sastanak farmera

Nakon završetka saslušanja, glavna "gospoda" grada Pesqueira okupljaju se u baru blizu mjesta gdje su bili. Među njima su pukovnik Sanharó (Goncalves), pukovnik Carabais (Soares) i bojnik Quintino iz Mimoso. Veselo razgovaraju o moći, snazi i prestižu.

"Provođenje željeznice bio je adut vlade. Potaknuo je proizvodnju i marketing našeg bogatstva. Pesqueira već ističe na državnoj razini. Njegovi okruzi postali su referenci u mnogo različitih žanrova. Na primjer, Mimoso je postao vrlo važno komercijalno strateško mjesto. Već vidim sve prednosti koje ću u ovoj situaciji moći iskoristiti. Bogatstvo, društvena razmetljivost, politička moć i neograničena zapovijed. Moji neprijatelji neće imati predaha jer ću se obračunati s njima željezom i vatrom. Moj tim je već pripremljen za pobunjenike. (Bojnik Quintino)

"Što se tiče Carabais, željeznica nije utjecala na naše financije samo zbog činjenice da ne presijeca našu četvrt. Vladini tehničari smatrali su da je potrebno preusmjeriti ga neposredno pred ulaz u selo. Tlo nije bilo pogodno za postavljanje tračnica. Naš je kvart, međutim, važno poljoprivredno središte. Naši se proizvodi izvoze u susjedne države. Kao pukovnik, dominiram regijom i poštovan sam. Oni koji su moji neprijatelji neće preživjeti još dugo.

" Uspostava željeznice u Sanharó bila je važan, ali ne i jedini izvor prihoda. Poljoprivreda je jaka i izvrsni smo na državnoj razini. Naše mlijeko i meso prvoklasni su i daju nam dobre prinose. Što se tiče svojih neprijatelja, ponašam se prema njima na isti način kao i prema vama. Moramo održati snagu Pukovničkog sustava.

"To je istina. Ovaj sustav treba održavati za naše dobro. Lažiranje glasova, prijevara, mreža usluga ... sve nam ovo koristi. Naša snaga i naša snaga proizlaze iz mučenja, pritiska i zastrašivanja. Brazil je ovo: Velika struktura moći u kojoj opstaju samo najjači. Od jugoistoka, gdje dominiraju bogati uzgajivači kave, do sjeveroistočnih dijelova koje vode pukovnici, sustav je isti. Mijenjaju se samo imena i situacije. Moramo šutjeti i rezignirati ljude jer je to najbolje za naše ambicije i ciljeve. (Major)

" Potpuno se slažem i da bi ljudi bili tihi i ugodni, potrebno je održati svoja djela okrutnosti, ugnjetavanja i autoritarnosti. Ljudi bi nas se trebali bojati. U protivnom gubimo poštovanje i svoje koristi. Svijet je nepravedan i trebali bismo biti dio malog dijela stanovništva koji je pobjednik. Za pobjedu je potrebno ubijati, ponižavati i rušiti zapovijedi i vrijednosti i to ćemo učiniti. (Pukovnik iz sela Carabais)

Razgovor se uzbuđeno nastavlja o ženama, hobijima i drugim stvarima. Provedu blizu dva sata u razgovoru. Major Quintino ustaje, oprašta se od ostalih i odlazi. Vlak koji ide za Pesqueira u Mimoso uskoro je polazio.

Povratak kući

Major pojuri natrag prema Pesqueira željezničkoj stanici. Vlak je zaustavljen i čeka pravo vrijeme za polazak. Otiđite na blagajnu, kupite kartu, ostavi napojnicu i krene prema vlaku. Ukrca se, požali se na kašnjenje sakupljača da ga posluži i sjedne. Vlak signalizira da odlazi i bojnik se usredotočuje na svoje planove. Sebe vidi kao gradonačelnika Pesqueira, desnu ruku guvernera i djeda najmanje petero unučadi. Christine djeca sa zetom kojeg bi on izabrao. Napokon, čovjek je postignut samo ako se može oženiti svojom djecom. Vlak krene i sa sobom povede majora koji sanja.

Ritam vlaka je prilično regularan. Putnici sjede mirno i udobno. Zaposlenik putnicima nudi sokove i grickalice. Major uzme međuobrok, žvače i zamišlja kako je dobar okus pobjede i uspjeha. Otišao je na sastanak i vratio se s provedenim planovima. Imao bi pravo na veći postotak poreza i dobar posao za svoju kćer. Što bi još mogao poželjeti? Bio je spreman čovjek, sretan u braku i imao je lijepu kćer. Imao je čin bojnika Nacionalne garde koji je kupio i to mu je dalo pravo da politički dominira Mimoso. Jedino što bi ga učinilo sretnijim bilo bi da je pukovnik, guvernerova desna ruka i oženi svoju kćer za idealnog zeta. Ovo bi se definitivno dogodilo. Vrijeme prolazi i vlak se približava gradiću Mimoso, njegovom izbornom toru. Bio je željan prenijeti vijest dvjema ženama u svom životu. Srce mu se ubrza i hladan vjetar udari u njegovo tijelo kad iznenada vlak promijeni korak. To vjerojatno nije ništa, pomisli u sebi. Ritam vlaka vraća se u normalu i on se smiruje. Mimoso se približava sve bliže i bliže. Na trenutak pomisli da bi svijet mogao biti pravedniji i da bi svi trebali biti pobjednici baš kao i on. Pokušava odstupiti od ove misli. Od djetinjstva je naučio kakav je život i znao je da se neće mijenjati iz minute u minutu. I dalje je nosio žigove svoje patnje: Očeve kazne, borba sa starijom braćom, ubojstvo koje je počinio. Njegov mozak zadržao je ta sjećanja netaknutima iz tog doba. Da je mogao, bacio bi ta sjećanja u smeće, daleko, daleko. Vlak zviždi signalizirajući da će se zaustaviti. Putnici popravljaju kosu i odjeću. Vlak prolazi i svi silaze, uključujući i bojnika. Dolazak je opušten i sav se smiješi. Napokon, iz Pesqueira se vratio pobjednički.

Najava

Po izlasku iz vlaka bojnik kreće prema stanici, pozdravlja se s Rivanio i pita je li sve u redu. Odgovorio je da, glavni se oprašta i odlazi svojoj kući. Usput upoznaje neke ljude i oni razgovaraju o obrazovanju. Požuri svojim koracima i za nekoliko minuta je blizu svoje rezidencije. Po dolasku ulazi bez ceremonije, pronalazi Gerusa kako čisti kuću i šalje je da nazove dvije žene iz njegova života. Dođu i zagrle ga i poljube. Major traži da sjednu i odmah ih poslušaju.

" Upravo sam došao sa sastanka koji sam imao u Pesqueira i vijesti ne mogu biti bolje. Prvo, primat ću veći postotak na porez koji naplaćujem. Drugo, dobio sam posao poreznice za moju voljenu kćer Christine. Što misliš?

" Senzacionalno. Ponosna sam što sam supruga muškarca s istinskim karakterom kakav ste vi. Bit ćemo sve bogatiji i moćniji kako vrijeme bude odmicalo.

"Sretna sam zbog tebe, tata. Ne mislite li da je posao poreznika za mene pomalo muževan?

" Nisi li sretna, kćeri? To je sjajan posao i uz odgovarajuću naknadu. Mislim da to nije muški posao. To je položaj visokog povjerenja koji samo vi možete izvršiti.

"Naravno, to je sjajan posao. Kao njezina majka, bezrezervno odobravam.

"U REDU. Uvjerili ste me. Kada započinjem?

"Sutra. Vaša je funkcija nadzirati i provoditi službenog poreznika Claudija, sina Paula Pereira, vlasnika benzinske pumpe. On je odgovoran i iskren, ali kao što priča kaže, prilika čovjeka čini.

"Mislim da će to biti dobro za mene. Izvrsna je prilika za upoznavanje ljudi i stjecanje prijatelja.

Major se povuče i ode se okupati. Christine se vraća pletenju koje je radila prije nego što je njezin otac stigao, a Helen odlazi narediti kuhinjskoj sobarici. Sljedeći dan bio bi joj prvi dan na poslu.

Prvi dan rada

Počinje novi dan. Sunce sja, ptice pjevaju, a jutarnji povjetarac obavija bungalov. Christine se upravo probudila nakon dubokog i oživljavajućeg sna. San koji je sanjala prethodne noći duboko ju je zaintrigirao. Sanjala je o samostanu i časnim sestrama kojima se nauči diviti tijekom tri godine života posvećenih religiji. Sudjelovali su u njezinu vjenčanju. Što je to značilo? Tada joj nije bilo u planu da se uda. Bila je mlada, slobodna i puna planova. Njezin osjećaj samozaštite zavapio je u njoj. Ne, stvarno nije bila spremna za brak. Tiho se proteže u svom krevetu i gleda u vrijeme. Bilo je blizu 6:30 sati. Ustaje, zijeva i odlazi u kupaonicu apartmana. Uđe, otvori slavinu i hladna je voda odnese u samostanska vremena. Sjeća se vrtlara koji je tamo radio i njegovog sina koji ju je osvojio. Započeli su romantične igre i zajedno se šetali i začas je otkrila da se zaljubila. Njezin se kontakt nastavio sa vrtlarovim sinom, ali jednog dana jedna od redovnica uhvatila ih je kako se ljube. Savjetovali su se s pretpostavljenom majkom, spakirale Christine torbe i protjerane iz samostana. Na današnji dan osjetila je veliko olakšanje. Olakšanje što više ne laže ni sebe ni sam život. Raskinut je kontakt sa sinom vrtlara; ona ga zaboravi i odlazi kući. Majka i otac dočekuju je kod kuće s iznenađenjem. Razočarala je majku i dala novu nadu ocu koji ju je želio vidjeti vjenčanu s djecom. Vrijeme je prolazilo i od tada se nije zaljubila. Naučila je plesti kako bi vrijeme bolje prolazilo. Sada je zaposlena kao poreznica pod utjecajem svog oca. Osjećala je tjeskobu i nervozu zbog novonastale situacije. Isključuje hladnu vodu, sapuni se i počinje zamišljati svog novog suradnika Claudia. Slika visokog plavokosog dječaka, punog tetovaža. Sviđa joj se ono što vidi i nastavlja se kupati. Otprilike čisti svoje tijelo kao da iz svoje duše vadi nečistoće. Isključuje slavinu i stavlja dva ručnika: veći na tijelu i manji na glavi. Izlazi iz apartmana i odlazi u kuhinju na doručak. Sjedi, poslužuje se kolačem i pozdravlja oca i majku. Major započinje razgovor.

"Jesi li uzbuđena, kćeri moja? Nadam se da ćete se dobro snaći prvog dana posla. Od Claudia ćete puno naučiti. Odličan je poreznik.

"Jesam. Jedva čekam da se bacim na posao jer pletenje i vez nisu toliko zabavni kao nekada. Ovo će mi djelo dobro poslužiti iako mislim da je pomalo muževno.

" Opet, s ovim? Zar ne vidiš da si ovim insinuacijama ozlijedio oca? On čini sve za vas.

"Oprostite, oboje. Pomalo sam tvrdoglava s nekim idejama.

Christine završi doručak, oprašta se poljupcem u čelo svojih roditelja i odlazi do vrata. Otvori je i krene prema benzinskoj pumpi. Usput je napadaju sumnje: Hoće li se ovaj Claudio ponašati poput pećinskog čovjeka? Hoće li je poštivati na poslu? O njemu nije znala ništa osim da je on Pereira sin i da ima dvije sestre: Fabianu i Patriciju. Nastavlja hodati i čim se približi benzinskoj postaji osjeća se još tjeskobnije i nervoznije. Zastaje i malo diše. Inspiraciju traži u svemiru, u prirodi i u svom uznemirenom srcu. Sjeća se lekcija koje je naučila u samostanu, redovnica i njihovog različitog načina na koji vide život. Bilo je to trogodišnje razdoblje duhovnog okupljanja za koje se činilo da sada nema smisla. Bila je na mjestu upoznavanja novih ljudi, pokretanja novog zanata i tko zna hoće li joj to promijeniti način gledanja na ljude i život. To bi saznala kako vrijeme prolazi. Ona nastavlja hodati. Nova sila osvježava je i ispunjava njezino biće i daje joj dodatni potisak. Morala je biti hrabra jer se tijekom vremena suočila s pretpostavljenom u svom samostanu i priznala istinu: Da je bila potpuno zaljubljena. Spakirali su joj torbe, izbačena je i u tom trenutku se osjećalo kao da su joj skinuli ogroman uteg s leđa. Preselila se iz glavnog grada i sada je boravila na kraju svijeta bez prijatelja i bez ikakve udobnosti. Morala bi se naviknuti. Prođe nekoliko minuta i ona se približi benzinskoj pumpi. Udaljena je samo nekoliko metara od nje. Popravlja kosu i odjeću kako bi ostavila dobar dojam. Udahne posljednji put, uđe i predstavi se.

" Ja sam Christine Matias, kći majora Quintino. Tražim Klaudija, poreznika. Je li kod kuće?

"Moj sin je otišao na brzinu pojesti u restoran u blizini. Poslat ću po njega. To su moje kćeri Fabiana i Patricia, a ja sam gospodin Pereira.

Christine ih je pozdravila poljupcima u obraz.

" Dakle, ti si poznata Christine. Ne mogu vjerovati da te još nisam ni vidio. Puno ostaješ unutra i to nije dobro. Pa, od sada možemo biti prijatelji i družiti se zajedno. (Fabiana)

" Veliko mi je zadovoljstvo upoznati vas. Ti, Fabiana i ja bit ćemo sjajni prijatelji, možete računati na to.

"Hvala vam. Također sam vrlo sretna što sam te upoznala. Ne izlazim puno jer moji roditelji kontroliraju. Misle da majorova kći mora biti malo rezervirana. Pretjerano su zaštitni.

"Pa, to će se promijeniti. Smatrajte se dijelom naše bande. Mi smo najluđa djeca u bloku. (Fabiana)

"Naša banda je sjajna. Voljet ćete biti dio toga. (Patricia)

"Hvala što ste me pozvali da budem dio vaše grupe. Mislim da mi nekoliko veza i prijatelja neće naštetiti.

Razgovor se neko vrijeme nastavio u živoj maniri. Claudio tiho prilazi i suočava se s Christine. Oči im se zaključaju i sada poput magije izgleda kao da samo njih dvoje postoje u cijelom svemiru. Srca oboje ubrzavaju se nakon susreta i unutarnja vrućina putuje kroz oba tijela.

"Tata me nazvao ovdje. Misliš ti si djevojka koja će me nadgledati? Pa, pretpostavljam da se neću osjećati tako nelagodno.

Kompliment je Christine pomalo šokirao. Nikad nije pronašla muškarce tako izravne.

"Zovem se Christine; Ja sam kći majora. Ja sam tvoj novi partner na poslu. Možemo li početi? Veselim se.

"Da naravno. Zovem se Claudio. Upravo smo na vrijeme da započnemo s radom. Prva komercijalna ustanova koju ćemo danas posjetiti je mesnica. Prošla su tri mjeseca da vlasnik nije platio porez i moramo ga pritisnuti zbog toga. Mislim da će tvoja prisutnost pomoći.

"Idemo onda. Bilo mi je zadovoljstvo upoznati vas, Fabiana i Patricia. Vidimo se kasnije.

Njih dvoje na rastanku odmahuju rukom. Claudio i Christine zajedno odlaze prema mesnici. Christine misli intimno se uzdižu i osjeća se poput budale jer je toliko obožavala Claudia. Nije bio nimalo nalik onome što je zamišljala, ali je nešto u njoj promijesao. Osjećaj da ga mora upoznati bio je poput ničega što je ikad doživjela. Što je to bilo?

Nije ga mogla definirati, ali bilo je to nešto jako i trajno. Dva koraka jedan pored drugog i Claudio pokušava započeti razgovor.

"Christine, reci mi malo o sebi. Vi ste iz Recife, zar ne?

"Ne. Živio sam u Recife deset godina. Zapravo sam iz Alagoas. Moje djetinjstvo je tamo bilo u cijelosti provedeno.

" Jeste li ikad imali dečka?

" Imao sam ga, ali bilo je to prije nekog vremena. Namjeravala sam biti časna sestra. Proveo sam tri godine svog života u samostanu u klauzuri pokušavajući pronaći smisao svog života. Kad sam shvatio da nemam zvanja, napustio sam i vratio se kući svojih roditelja.

"Bilo bi veliko rasipanje da ste redovnica, uz dužno poštovanje. Ništa protiv religije, ali davanje samoga sebe Bogu zahtijeva previše od osobe.

"Pa to je sve u prošlosti. Moram se usredotočiti na svoj novi život i svoje dužnosti.

Razgovor iznenada prestaje i njih dvoje nastavljaju hodati. Dolazak i odlazak ljudi konstantan je u središtu grada. Mimoso se nakon ugradnje željeznice pretvorio u regionalno trgovačko središte. Ljudi su dolazili iz cijele regije kako bi posjetili i kupovali u njegovim trgovinama. Mesnica je u blizini i Christine se jedva suzdržava. Nije znala kako se ponašati. Napokon, bila je kći majora i morala je dati primjer. Posao poreznice puno bi je razotkrio. Napokon stižu i Claudio se obraća gospodinu Helio, vlasniku trgovine.

"Gospodine. Helio, došli smo ovdje naplatiti od tebe tromjesečna poreza koja duguješ. Grad treba vaš doprinos za ulaganje u obrazovanje, zdravstvo i sanitarne uvjete. Obavljajte svoju dužnost građanina.

"Nisam li ti rekao da sam švorc? Posao ovdje nije bio dobar. Trebam produženje plaćanja.

"Neću više prihvatiti izgovore i ako ne platite, imat ćete problema. Vidiš li ovu djevojku sa mnom? Ona je majorova kći. Nije zadovoljan vašim zadanim postavkama. Gospodine, najbolje bi bilo platiti svoje dugove.

Helio je na trenutak razmišljao što učiniti. Na trenutak pogleda Christine i uvjeri se da je ona kći majora. Otvara ladicu, vadi gomilu novca i plaća. Oboje mu zahvaljuju i povlače se iz osnivanje.
Jutro se provodi radno. Njih dvoje posjećuju domove i tvrtke. Neki porezni obveznici odbijaju platiti tvrdeći zbog nedostatka kapitala. Christine se počinje diviti Claudio zbog njegove profesionalnosti i samopouzdanja. Jutro prolazi, a dan je gotov. Njih dvoje se opraštaju i da bi se za petnaest dana ponovno vratili na posao.

Piknik

Sunce napreduje na horizontu i zagrijava se još više nakon podneva. Kretanje se smanjuje, poljoprivrednici dolaze s farme, perilice stižu s teretom koji su prale u rijeci Mimoso, javni službenici su pušteni, čipkarice imaju pauzu na poslu i svi mogu ručati. Christine se ne razlikuje od ostalih i također se vraća kući u ovo vrijeme. Dolazi, otvara vrata i kreće prema glavnoj kuhinji. Njezini su roditelji već prisutni, a Gerusa služi ručak.

" Oprostite što nismo čekali da poslužite ručak, kćeri, ali stigla sam umorna i gladna jer sam bila na poslovnom sastanku. Mijenjajući temu, kakav je bio vaš prvi radni dan? (Major)

"Nema potrebe za isprikom. Moj prvi radni dan bio je dug i naporan. Claudio i ja smo se trudili uvjeriti porezne obveznike da plate. Međutim, neki su postali čvrsti u svojim pozicijama. Sve u svemu, bio je to dobar dan, jer sam puno naučio. Jednostavno nisam sigurna da to želim raditi do kraja života.

"Reci Claudio da želim detalje o onima koji nisu platili. Ja sam glavni i neću tolerirati više odgađanja.

"Jesi li upoznala nekoga, kćeri? Steći prijatelje? (Helen)

" Da, neki ljudi. Njegove su sestre jako drage.

Gerusa posluži Christine i ona počne jesti. Za to je vrijeme ostala tiha jer je tako odgojena. Gerusa se povukla iz kuhinje i uputila se u svoje odaje ispred kuće. Ostala su tri nositelja domaćinstva, koja su jela. Christine završi svoj ručak, ustane od stola i oprosti se od roditelja poljupcima u obraze. Kreće prema balkonu kuće gdje je dobro prozračen i hladan kako bi mogla plesti. Podigne konce i počne plesti. Pokret njezinih okretnih ruku vodi je u tajanstvene svjetove do kojih samo mašta može doći. Vidi se kako izlazi s muškarcem snažnih, mišićavih ramena i čvrstog stava. Zamišlja svoje zaruke i kasniji brak. U tom je trenutku unutarnja tjeskoba kažnjava i uznemirava. Trenutak prolazi i ona sebe doživljava majkom troje prekrasne djece. U njezinoj mašti vrijeme brzo prolazi i sebe doživljava kao baku i prabaku. Smrt dolazi i ona se vidi u raju okružena anđelima i našim Gospodinom, Isusom Kristom. Njezine okretne ruke rade i na trenutak u platnu prepozna kako plete lice poznatog muškarca. Odmahuje glavom i iluzija prolazi. Što joj se događalo? Je li bila luda ili čak možda zaljubljena? Nije željela vjerovati u ovu mogućnost. Nastavlja raditi dok ne čuje kako se njezino ime izgovara nevjerojatnim intenzitetom. Vraća se na ulaz u vrt svoje kuće odakle je čula glas. Prepoznaje Fabianu, Patriciju i Claudio u pratnji nekih drugih mladih ljudi.

"Možemo li ući, Christine?

"Da, smiješ. Osjećajte se kao kod kuće.

Bilo je točno šest mladih ljudi koji su ušli u vrt kuće. Popeli su se stepenicama koje su imale pristup balkonu i sastali se s Christine. Fabiana se pobrinula da predstavi nepoznate prijatelje.

"Ovo je moj rođak Rafael, a to su moji prijatelji Talita i Marcela.

Christine ih je pozdravila poljupcima u obraz.

"Drago mi je. Ako ste Fabio prijatelji, onda ste i moji prijatelji.

"Sve je zadovoljstvo moje. Claudio je visoko govorio o vama. (Rafael)

" Pa, Christine, došli smo ovamo da vas pozovemo u lijepu šetnju do vrha planine Ororubá. Idemo na piknik na otvorenom. Kontakt s prirodom je presudan da bi se ljudi mogli razvijati i osloboditi svoje karme. (Claudio)

"Hoćeš li ići, Christine? Puno si unutra i to nije dobro. (Fabiana)

"Inzistiramo. (Svi ponavljaju)

"U REDU. Ići ću. Uvjerili ste me. Čekajte samo trenutak da kažem svojim roditeljima.

Christine na trenutak uđe u kuću, ali se ubrzo vraća. Sastaje se s grupom i zajedno se dogovaraju da putuju na tajanstvenu planinu Ororubá, svetu planinu. Sedmorica počinju hodati. Christine promatra Claudia i zaključuje da je on tipičan seoski čovjek: snažan, samopouzdan i pun šarma. Prvi dan kad su radili zajedno ostavio je dobar dojam, ali još uvijek nije znala što osjeća prema njemu. Jednostavno je znala da je to snažan i trajan osjećaj. Pa, piknik je bio prilika da ga bolje upoznam, misli ona. Sedmorica se ubrzavaju i uskoro su u podnožju planine. Claudio, vođa grupe, zaustavlja se i traži da svi učine isto.

" Važno je da se sada piti vodu kako kasnije ne bismo imali problema. Šetnja je duga i iscrpna. (Claudio)

"Čula sam da je ova planina sveta i ima čarobna svojstva. (Talita)

"To je istina. Legenda kaže da je tajanstveni šaman dao svoj život da spasi svoj narod. Od tada je planina Ororubá postala sveta. Oni također kažu da je duhovni predak čuvara planine čuvao sve njegove tajne. (Fabiana)

" To nije sve. Na njegovom se vrhu nalazi veličanstvena špilja za koju se kaže da može ispuniti svaku želju. Sanjari iz cijelog svijeta traže da postigne svoja čuda. Međutim, koliko znamo, to nitko nije preživio. (Patricia)

"Ove me priče čine nervoznima. Ne bi li bilo bolje da se vratimo? (Christine)

"Ne brini, Christine. "To su samo priče. Čak i da je to istina, bio bih ovdje da vas zaštitim. (Claudio)

"Claudio nije jedini. Također sam muškarac i spreman sam vam pomoći ako vam zatreba. (Rafael)

"Što je sa mnom? Nitko me ne štiti? Ja sam također djevojka u nevolji. Povrijeđen sam. (Marcela)

Rafael prilazi Marceli i daje je zagrljaj kao znak da se nema čega bojati. Svi pijte vodu i započnite šetnju. Christine napreduje malo dalje i stavlja se pored Claudia, ispred. Nakon što je čula informacije o planini, osjećala se nesigurno. Razmišlja o planini, čuvaru i špilji. Intimno se vidi kako ulazi u špilju i ostvaruje svoju najveću želju u tom trenutku. Također je bila sanjar poput mnogih koji su izgubili živote u špilji u potrazi za svojim snovima. Pa, bilo je potrebno držati noge na zemlji, u surovoj je stvarnosti bila kći majora i to joj je prilično ograničavalo slobodu djelovanja u odnosu na prijatelje, ljubavi i želje. Usporedno s tim, u samostanu se osjećala slobodnije nego sada. Claudio pruža ruku Christine da joj pomogne na putu jer može vidjeti da se muči. Christine se utrkuje u mislima i ona misli da bi bilo dobro imati prijatelja koji bi je podržavao i bio joj odan i iskren, prijatelja poput Claudia. Odmahuje glavom i pokušava odstupiti od te misli. Bilo je nemoguće jer njezin otac nije dopustio ovakvu vrstu saveza. On je bio jednostavni poreznik, a ona kći majora. Živjeli su u potpuno različitim svjetovima. Skupina se još jednom zaustavlja kako bi se ponovno osvježila. Vrućina je jaka i ima malo vjetra. Bili su na pola puta.

" Odavde je moguće vidjeti dobar dio Mimoso. Vidiš li, Christine? Eno ti kuće. (Claudio)

"Pogled odavde zaista je privilegiran. Mislim da je vrh još zapanjujući. Sijera Mimoso s ovog pogleda čak i ne izgleda veliko. (Christine)

"Mislim da je najbolje da nastavimo dalje. Nema smisla dugo ostati ovdje gore. (Fabiana)

" Također se slažem. Na ovaj način možemo potrajati duže na vrhu koji je najvažniji dio planine. (Rafael)

Većina se slaže oko nastavka šetnje. Napokon je prošlo 13:00. Christine se već osjećala pomalo umorno. Penjanje na planinu izuzetno je iscrpljujuće za sve koji to nisu navikli. Sjeća se stalnih izazova kojima je bila izložena u samostanu, ali niti jedan od njih nije bio sličan usponu na planinu za koju su svi govorili da je sveta. Skuplja snagu u dubini duše i jako se trudi da nitko ne primijeti njezinu poteškoću. Claudio joj se smiješi i to je ispunjava snagom jer bi za njega premašila svaku prepreku. Ljubav, ta neobična snaga, povezala je to dvoje čak i bez ikakvog fizičkog kontakta. Za njega bi se, ako bi imala priliku, suočila sa skrbnikom i ušla u špilju kako bi ostvarila svoj san da mu se pridruži tijekom cijelog vremena kada su morali biti zajedno u životu. Čak i ako ju je to koštalo života. Napokon, kakav smisao ima život ako nismo s onima koje stvarno volimo? Prazan život sličan je nikakvom žiotu. Skupina dalje napreduje i približava se vrhu. Claudio to pokušava prikriti, ali u potpunosti ga privlače ljepota i gracioznost Christine. Od trenutka kad su se upoznali, nešto se promijenilo u samom njegovom biću. Nije mogao jesti u redu ili čak ništa ne raditi, a da o njoj nije razmišljao. Razmišlja o tome koliko je ugodan prelazak njezine obitelji iz Pesqueira u uspješno selo Mimoso bio. Razmišlja o tome kako je sudbina bila velikodušna što je njih dvoje spojila praktički na istom poslu. Piknik bi bila izvrsna prilika da se možda privoli djevojci. Nadao se da će biti prihvaćen usprkos razlikama među njima. Poteškoće, uglavnom njezinih roditelja koji imaju predrasude, bile su prepreke koje su se mogle prevladati. Na kraju grupa dosegne vrh i svi slave. Sad je preostalo samo pronaći dobro mjesto za piknik. Članovi skupine podijeljeni su u tri manje skupine kako bi pronašli najprikladnije mjesto. Prođe nekoliko minuta i jedna od skupina da znak, zviždeći. Mjesto je izabrano. Cijela se grupa ponovno okupi i piknik je postavljen. Svaki član grupe pridonio je nečim za gozbu.

" Osjećaš li to, Christine? Pjevanje ptica, lagani šapat vjetra, seoska atmosfera, zujanje insekata, sve to vodi nas do mjesta i aviona koji nikada prije nisu bili posjećeni. Svaki put kad dođem ovdje osjećam se kao važan dio prirode, a ne kao da je posjedujem, kako neki misle. (Claudio)

"Vrlo je lijepo. Ovdje se u prirodi osjećam kao obično ljudsko biće, a ne kao kći majora i ne možete zamisliti kako se ovo dobro osjeća. (Christine)

"Uživaj, Christine. To ne možete učiniti svaki dan. Predrasude, strah, sram, sve to narušava naš svakodnevni život. Ovdje to možemo zaboraviti, barem na trenutak. (Fabiana)

"U ovom divljem zelenom svijetu možemo osjetiti, vidjeti i u potpunosti razumjeti svemir. To se čudo događa jer je planina sveta i ima čarobna svojstva. (Talita)

" Također želim iznijeti svoje mišljenje. Mi smo sedmero mladih ljudi koji tražimo što? Odgovorit ću sam sebi. Tražimo avanture, nova iskustva, prijateljstva, pa čak i ljubav. Međutim, to je moguće samo ako smo u miru sa sobom, s drugima i sa svemirom. To je taj čeznutljivi mir koji smo ovdje pronašli. (Rafael)

" Ovdje je sve iskustvo učenja. Ritam prirode, društvo svih vas i ovaj svježi zrak lekcije su koje bismo trebali ponijeti sa sobom za svoju djecu i unuke. (Marcela)

"Ovo je sve za mene veliko zajedništvo. Zajedništvo duhova koje nas vodi prema nadvladati mnogih faza našeg života. (Patricia)

Uostalom, dajte svoje mišljenje o onome što su osjećali u tom čarobnom trenutku kada počinju služiti sami sebi. Ugodno okruženje natjeralo ih je da šute tijekom obroka. Nakon završenog ručka, Claudio je najavio:

" Zapravo, Christine, nismo došli samo na jednostavan piknik. Postavit ćemo kamp i ovdje prenoćiti.

Christine je na trenutak promijenila boju i svi su se nasmijali. Ona jedina u grupi nije znala.

" A? A što je s opasnostima planine? Tata će me ubiti ako ovdje provedem noć. Mislim da ću ići.

"Savjetujem ti da ne ideš. Skrbnik sigurno vreba i čeka najbolju priliku za napad. (Fabiana)

"Ne brini, Christine. Nisam li rekao da ću te zaštititi? Što se tiče vašeg oca, ne brinite, on zna da ćemo ovdje prenoćiti. (Claudio)

Christine se smiri. Bilo bi bolje da ostane s grupom jer nije poznavala planinu i njene misterije. Stvarno bi bilo zastrašujuće potpuno sam. Tko zna što bi se moglo dogoditi? Bilo je bolje ne riskirati. Poslijepodne napreduje i svi surađuju u postavljanju dva šatora. Začas su spremni. Claudio i Rafael izlaze tražiti drva za potpaljivanje vatre, s ciljem protjerivanja divljih životinja koje su naseljavale regiju. Žene su same u kampu, raščišćavajući zemlju oko šatora.

" Sjajno je doći ovamo, Christine. Navečer je cijelo ovo mjesto još ljepše. Nakon večere vidjet ćete: Totalna je eksplozija. Recite mi, nije li ovo bolje od ostajanja kod kuće? (Fabiana)

" I ja uživam, ali trebala si mi javiti da ćeš ovdje kampirati. Bila sam prilično iznenađena. (Christine)

"Jeste li primijetili kako je Claudio gleda i obrnuto? Mislim da su njih dvoje zaljubljeni. (Talita)

"Oči ti se izigravaju, Talita. Ne postoji ništa između Claudia i mene. (Christine)

"Ja bih, s jedne strane, bila vrlo sretna da budem tvoja šogorica. (Patricia)

" Ja sam s tobom u vezi s tim. (Fabiana)

"Hvala, momci. Ali nažalost, to je nemoguće. (Christine)

Christine je na trenutak izgledala ozbiljno i zaustavili su se s nagovještajima. Claudio i Rafael vraćaju se sa svim drvima potrebnim za održavanje vatre cijelu noć. Claudio pogleda Christine i ona kao da se dopisuje. Poslijepodne napreduje i pada mrak. Krijes osvjetljava okolinu kako se noć spušta. Svi se okupljaju oko toga, a večeru poslužuju Fabiana i Patricia. Svi pomalo jedu i razgovaraju. Claudio se odmiče od grupe i kad se udalji, pokreće Christine da ga prati. Uhvati signal i također se odmakne od grupe.

"Što ćemo učiniti, Christine? Ti i ja, zajedno, razmišljamo o tim zvijezdama. Čini se da su svjedoci onoga što oboje osjećamo. Mislim da to osjećaju ne samo oni, već i cijeli svemir.

"Znaš da je to nemoguće. Moji roditelji to nisu dopustili. Vrlo su pristrani.

"Nemoguće? To kažeš meni ovdje na ovoj svetoj planini? Ovdje ništa nije nemoguće.

" Ali, ali. . . . .

"Ne govori više ni riječi. Neka vaše srce vrišti naglas, poput mog.

Claudio je malo zakoračio naprijed i zagrlio Christine. Nježno je malo zavio ruku oko njezina lica i strpljivo dotaknuo Christine usne svojim. Poljubac je uzburkao Christine i na trenutak se osjećala kao da hoda zrakom. Mnoštvo misli prodrlo joj je u um i poremetilo poljubac. Kad završi, ona se povuče i kaže:

"Nisam još spreman. Oprosti mi, Claudio.

Christine bježi i vraća se grupi. Claudio ide s njom. Krijes puckéta i svi se okupljaju oko njega, jer je hladnoća jaka. Rafael stoji pokraj vatre, spreman ispričati horor priče o planini.

"Bio je jednom sanjar iz malog grada zvanog Triumph. Zvao se Eulalio. Njegov je san bio postati razbojnikom i okupiti vlastitu bandu za počinjenje zločina, gomilanje bogatstva, društvenu moć i razmetanje, a time također fascinirati i zavesti mnoge žene. Međutim, nije imao hrabrosti i odlučnosti potrebne za to. Jedva je mogao držati mač. U svojoj je zemlji čuo za svetu planinu Ororubá i njezinu čudesnu špilju, sposobnu ispuniti svaku želju. Kad je to čuo, nije dobro razmislio i spakirao se kako bi ostvario željeno putovanje. Stigao je na planinu, upoznao skrbnika, završio izazove i napokon ušao u špilju. Međutim, njegovo srce nije bilo potpuno čisto i njegove želje nisu bile ispravne. Špilja mu nije oprostila i uništila mu je život i snove. Od tada je njegova duša počela bolom lutati po planini. Kažu da su ga jednom vidjeli lovci točno u ponoć. Bio je odjeven u razbojnika i nosio je veliki pištolj koji je ispalio duhove.

" Misliš, postao je hrabar nakon što je umro? Tada je špilja dijelom ostvarila njegov san. (Talita)

" Ne baš, Talita. Špilja je uništila sanjari život i umjesto toga ostavila je samo njegovu dušu predmetima svoje želje. Štoviše, on je izgubljena duša nasukana u patnji. (Fabiana)

"Ovo je samo priča. Nebrojeni su sanjari koji su okušali sreću u špilji i do sada niti jedan nije uspio preživjeti. Iz tog razloga naziva se špilja očaja. (Rafael)

"Ni za što ne bih ušao u tu špilju. Svoje ću snove ostvariti planiranjem, ustrajnošću, predanošću i vjerom. (Marcela)

"Išao bih zbog ljubavi. Napokon, ne možete živjeti a da ne riskirate. (Christine)

" Uvijek romantičan. Christine je zaljubljena, ljudi. (Patricia)

Svi se smiju, osim Claudia. I dalje je bio ogorčen i povrijeđen jer ga je Christine na neki način odbila. Otvorio je svoje srce i svoje osjećaje; međutim, nije bilo dovoljno da je uvjerim u svoju ljubav. Govorila je o predrasudama svojih roditelja, ali i ona je bila predrasuda. Muka koju je osjećao na dnu prsa natjerala ga je da putuje u prošlost da se prisjeti epizode koja se dogodila prije dvije godine kad je živio u Pesqueira i izlazio s lijepom plavušom, kćeri gradonačelnika. Tri su mjeseca hodali skriveno, jer se bojala reakcije roditelja. Jednoga je dana otac to saznao i nije bio zadovoljan. Unajmio je dvojicu sluga da ga šibaju i šamaraju. Bilo je to prebijanje koje nikada neće zaboraviti. Tako se osjećao sada: Šamarao, šibao i to ne od njezinih roditelja, već od nje i njezinih vlastitih predrasuda. Međutim, ne bi se tako lako odrekao života i vlastite sreće. Pokazat će Christine svoju vrijednost i ona će shvatiti koliko je glupo gubiti dragocjeno vrijeme.

Noć pada i svi se pripremaju za spavanje u svojim šatorima. Vatra se održava upaljenom kako bi ih zaštitila od opakih životinja u planini. Međutim, zavijanje se čuje s određene udaljenosti. Christine se premješta s jedne strane na drugu pokušavajući kontrolirati svoj strah. Bilo je to prvi put da je spavala na svetom mjestu. Tvrdo tlo smetalo joj je još više nego što je mislila. Zavijanje se nastavlja i u tom se trenutku također čuje buka koraka. Christine u očaju zadržava dah. Je li to mogao biti duh razbojnika? Ili možda divlja zvijer spremna da je proždere? Zvukovi koraka dopiru u njezinom smjeru. Snažan vjetar udara u šator i tajanstvena ruka pojavljuje se u zaklopcu vrata. Spremna je vrisnuti, ali čovjek koji se pojavi kaže:

" Opusti se, to sam ja.

Christine se smiri i oporavi od straha. Prepozna glas. Bio je to Claudio. Ali što je on radio u njezinom šatoru u takvom času? Njezino je lice, zasjenjeno noćnom tamom, odražavalo tu sumnju. Claudio čuči i pita:

"Svratio sam te pitati jesi li želio svoju želju.

"Želja? Kakva želja?

"Planina je sveta i u ponoć će pružiti želju zaljubljenim srcima. Ja sam svoje odradio i znate što? Zamolio sam planinu da nas zauvijek spoji u ljubavi.

"Vjerujete li u ovo? Mislim da nijedna planina neće promijeniti očeve planove.

"Već sam vam rekao, planina je sveta. Vjeruj mi. Može nam ostvariti san.

Claudio se pridružio Christine i obojica su zatvorili oči. Tada su se dva srca zabila u paralelnu ravninu gdje su oboje bila sretna i slobodna. Christine se vidjela u braku s njim i kao majka barem sedmero djece. Trenutak im je bio dovoljan da se osjećaju kao jedno, povezano sa svemirom. Struja je bila prekinuta; Claudio se oprostio, a Christine je pokušala zaspati na tvrdom, suhom podu.

Silazak s planine

Kako svane novi dan, Claudio ustaje i počinje buditi ostale. Christine je posljednja koja je ustala. Claudio i Rafael udubljuju se u šumu kako bi ulovili ribu u obližnjem ribnjaku. Bio bi to njihov doručak. U međuvremenu, žene pokušavaju zapaliti vatru ostatkom ostataka drva. Fabiana prekida tišinu.

"Dobro spavaš, Christine?

"Ne baš dobro. Ova tvrda, suha zemlja zaboljela me u leđima. Još uvijek boli. (Christine)

"To je za tebe život izviđača. Pripremite se jer imamo još puno avantura. (Talita)

"Da li vam se općenito svidjela šetnja? (Patricia)

" Da, svidjelo mi se. Planina udiše mir spokoja i mira. Volio sam kontakt s prirodom i vašim društvom. (Christine)

"I mi smo uživali, iako ovo nije prvi put. Sad ste dio našeg tima. (Patricia)

" Jeste li sinoć dogovorili stvari s Claudio? (Talita)

"Odlučili smo da nećemo započeti vezu jer živimo u potpuno različitim svjetovima. (Christine)

"S vremenom ćete to riješiti. Ljubav je jača od razlika i kao što sam rekao, bio bih sretan da vam budem šogorica. (Fabiana)

"Ja isto. (Patricia)

"Zavidim ti. Claudio je tako sladak. Šteta što me ne zanima. (Talita)

Razgovor se nastavio živahno među ženama, ali Christine je radije ne sudjelovala u njemu. Razgovarajući o svojoj ljubavi, Claudio je povrijedio njezinu dušu jer se činilo da će to biti nemoguća ljubav. Dobro je poznavala svoje roditelje i znala je da će biti potpuno protiv takve veze. Njezina je majka još uvijek ulijevala nade da će se vratiti u samostan, a otac ju je želio vidjeti udanu za supruga njihove socijalne razine. Obje su mogućnosti isključivale Claudia iz njezinog života, ali istovremeno joj je srce čeznulo za njim; željela je samo njega. To su bile njezine dvije "suprotstavljene snage" s kojima bi se morala pomiriti ili čak birati. Te su joj "suprotstavljene sile" napale srce i još uvijek je ostavljale u nedoumici. Tridesetak minuta nakon što su otišli, Claudio i Rafael vraćaju se s pristojnom količinom ribe. Vatra je već bila zapaljena, a riba se stavlja na roštilj. Riba je potpuno pečena i raspodijeljena među članovima grupe. Claudio kaže:

" Lovili smo ribu i odjednom se pojavljuje starica koja traži malo ribe za svoj obrok. Dao sam joj ih i u znak zahvalnosti me blagoslovila i rekla da ću biti jako sretna. Nisam poznavao tu damu. Nikad je nisam vidio oko ovih krajeva. Imala je ovaj pogled u očima koji me zaintrigirao kao da zna budućnost.

"Možda je ona skrbnik? Ne kaže li legenda da ona živi ovdje na planini? (Fabiana)

"Može biti. To sam i pomislio kad sam je vidio. (Rafael)

"Onda si jako sretan, brate moj. Malo je ljudi koji mogu postići sreću. (Patricia)

" Bila je stvarno čudna. Osjetio sam jezu kad sam joj dao ribu. (Claudio)

" Praktičan sam. Čak vjerujem da je planina sveta zbog iskustava koja sam ovdje proživio. Ali vjerovanje u čuvare i špilje koje čine čuda puno je tla za pokriti. Uskoro ćete me pokušati uvjeriti da postoje duhovi. (Talita)

" Da sam na tvom mjestu, ne bih sumnjao. Claudio je ozbiljan čovjek i nije lažljivac. (Marcela)

" Također mu vjerujem. U samostanu su me naučili suditi ljude prema njihovim očima, a Claudio je bio potpuno iskren kad je govorio o skrbniku. Zaista je privilegiran što ju je upoznao. (Christine)

U sljedećim trenucima oko logora vladala je tišina i članovi skupine završili su s jelom svoje ribe. Claudio i Rafael razbili su šatore, a žene su skupile predmete koje su donijele. Skupina se sastala u molitvi zahvalna za trenutke provedene u planinama i započela šetnju natrag do sela u kojem su živjeli. Claudio je nježno pružio ruku Christine i ona je prihvatila. Silazak s planine bio je opasan za početnike. Tjelesni kontakt s Claudio natjerao je Christine da još više poskoči. Taj ju je čovjek toliko izluđivao da je gotovo zaboravila društvene konvencije kad je bila s njim gore na planini. Bili su to trenuci koji su je imali snage odvesti u paralelne ravni gdje je nitko nije mogao dosegnuti. U ovim se trenucima osjećala doista sretnom. Međutim, na putu niz planinu, morala bi napustiti svoje snove o fantaziji i suočiti se sa surovom stvarnošću. Stvarnost u kojoj je bila kći korumpiranog, autoritarnog i nepopustljivog majora. Osim toga, živjela je za trenutke kad ju je Claudio držao i ljubio. Christine silom stisne Claudio ruku kako bi bila sigurna da je tamo doista prisutan, kraj nje. Već je izgubila baku i djeda i ne bi mogla podnijeti novi gubitak. Skupina se spušta s vrha i već je prošla pola udaljenosti strmim planinskim stazama. Claudio, vođa grupe, zaustavlja se i traži da svi učine isto. Svi pijte vodu i nastavite hodati. Christine razmišlja o svojoj majci i grdnji koju bi dobila jer je cijeli dan provela daleko od kuće. Ponašala se prema njoj kao prema djetetu, nesposobna sama odabrati svoj put. Pod njezinim je utjecajem ušla u samostan i provela tri godine života. Dozvoljeno joj je samo u šetnjama uz pratnju i samo uz dopuštenje nadređene majke. U to vrijeme naučila bi latinski i temelje kršćanske religije. Kultura i znanje bile su jedine pozitivne stvari koje su proizašle iz njezinog boravka tamo. Uglavnom, to je bio izgubljeni dio njezinog života jer nije željela biti redovnica. Dojadilo joj je biti dobra djevojka i poslušna jer joj je to donosilo samo gubitke. Morali su biti riješeni "suprotstavljene snage" koje je nosila u sebi. Skupina ubrzava korak i za kratko vrijeme putuju sve do kuće. Pozdravljaju se jedni s drugima i svi se vraćaju svojim kućama.

Majorove zloupotrebe

Christine prijem je protekao bez problema. Niti jedan od njezinih roditelja nije se požalio da je noć provela na svetoj planini.

Napokon, nije bila sama. Nakon razgovora s roditeljima okupala se, preselivši se u svoju sobu i zaspala jer se osjećala iscrpljeno. Major i njegova supruga su u dnevnoj sobi i razgovaraju. Čuje se pljesak i Gerusa odmah odlazi do vrata da ih otvori. Lenice, farmerica, čeka da je pohađaju.

"Kako ti mogu pomoći?
"Želim razgovarati s bojnikom. Vrlo je važno.
" Uđite. U dnevnoj je sobi.
Lenice ulazi i odlazi u dnevnu sobu.
"Gospodine. Majore, htio sam razgovarati s vama, gospodine. Riječ je o mom novorođenom sinu Joseu.
"Što je s njim? Otac ne želi preuzeti odgovornost? Treba li vam pomoć da ga odgojite?
" Ne, ništa slično. Želio bih da vi, gospodine, budete kum njegova krštenja.
"Što? Kum? Kojoj važnoj obitelji pripadate?
"Ja sam Silva i radimo u poljoprivredi.
"To je nemoguće. Ne bih bio prijatelj jednostavnog člana obitelji Silva čak ni da sam posljednji čovjek na Zemlji. Trebali biste se provjeriti prije nego što ovdje dođete s takvim zahtjevima.
"Gospodine. Majore, nemate srca.

Jadna žena se u suzama uklanja iz sobe i odlazi. Sanjala je da bude majorova prijateljica baš kao i mnogi iz sela. Njezin bi sin imao puno više šansi za rast da je bio majorovo kumče. Imao bi pristup obrazovanju, zdravstvenoj zaštiti i dostojanstvenom poslu jer je sve u tom selu ovisilo o utjecaju majora. Svi su, bez iznimke, željeli da neka vrsta veze s njim ima te privilegije. Oni koji to nisu mogli odvedeni su u svijet bijede i patnje.

Nakon što je istjerao farmera, major se priprema za odlazak u policijsku postaju. Njegova supruga Helen poravna odjeću.

"Jesi li to vidjela, ženo? Kakva drskost! Glavni čovjek moje vrijednosti ne može biti prijatelj jednostavne Silve.
"Ovi ljudi ovdje umiruju biti prijatelji.

"Da su barem trgovci, prihvatio bih. Jeste li ikad vidjeli nešto slično? Glavni, prijatelji farmera.

" Drago mi je što ste je postavili na njezino mjesto. Mislim da se više nijedan poljoprivrednik neće usuditi doći ovamo.

Major se poljupcem oprašta od žene. Počinje hodati, otvara vrata i odlazi. Koncentrira se na ono što će učiniti. Otkako ga je gradonačelnik službeno položio kao glavnu političku vlast u regiji, još nije donio nijednu aktivnu odluku. Figura "lijepog" majora već ga je živcirala. Morao je uskočiti kako bi ga ostale vlasti poštovale. Major i pukovnik imali su ključne uloge u konsolidaciji nepravedne strukture nazvane 'skupina pukovnika', koja je vladala u to vrijeme. Iz ove nepravedne strukture uživali su u snazi i zabavi. Major nastavlja hodati i uskoro se već približava postaji. Potpuno je uvjeren u ono što će učiniti. U svom tragičnom djetinjstvu u Maceió naučio je kako donositi odluke najranije i prepoznao je da je sada najbolje vrijeme. Ubrzava tempo kako bi izbjegao žaljenje i krivnju. Dolazi u policijsku postaju, otvara ulazna vrata i najavljuje:

"Delegirajte Pompeu, moramo razgovarati o važnoj stvari.

Major dostavlja popis delegatu u svojoj odaji.

"Što je ovo?

"Ovo je cjelovit popis svih delinkventnih poreznih obveznika. Neću tolerirati više odgađanja i zahtijevam da to riješite vi, gospodine, kao delegat.

"Jeste li im produžili plaćanje?

" Da, učinio sam sve što je bilo u mojoj moći. Poreznik Claudio rekao mi je da daju lagane izgovore da ne bi platili.

" Ne vidim što mogu učiniti. Zakon mi ne dopušta bilo kakvu akciju.

"Moram vas podsjetiti, gospodine Pompeu, da će vaše drago mjesto delegata biti ugroženo ako ne poduzmete daljnje mjere. Zakon koji poznajem služi najjačim i kao glavni kažem vam da smjesta zatvorite sve te nitkove i ne puštate ih dok ne plate dugove.

Delegat Pompeu odmahnuo je glavom i pozvao dvojicu policajaca da počnu hapsiti žrtve. Major je zadovoljan jer se ispunjavaju njegovi zahtjevi. To bi bio prvi od mnogih proizvoljnih akata koje bi on uzeo kao najveću političku figuru u regiji.

Masa

Bilo je lijepo nedjeljno jutro. Zvona kapelice oglasila su se najavljujući nedjeljnu misu. U riznici otac Chiavaretto priprema se za još jedno slavlje. Chiavaretto je bio službeni svećenik Mimoso. Porijeklom je iz Venecije u Italiji, sin obitelji srednje klase, zaređen je 1890. Njegovo svećeničko djelovanje započelo je u rodnoj zemlji iste godine njegova ređenja i trajalo je do 1908. Ove godine, po odluci biskupa Venecije službeno je premješten u Brazil. Njegova je misija bila širiti Evanđelje i evangelizirati one koji su još uvijek ustrajali u poganstvu. Za dvije godine teškog rada postigao je napredak u malom selu. Međutim, jedan od ciljeva koji je trebalo postići bio je postići veći broj na masi. U početku, kad je stigao u selo, prisutnost stanovništva na masi bila je veća. S vremenom su ljudi izgubili entuzijazam jednostavno zato što je misa koju je Chiavaretto provodio bila u potpunosti na latinskom. Bilo je to službeno određenje Crkve u to vrijeme.

Prije početka slavlja, svećenik uzme kratki trenutak razmišljanja. Palo mu je na pamet vrijeme u Veneciji i sjetio se sudbine svakog od svoje braće i sestara. Jedan od njih odlučio je biti vojnik u vojsci i otišao je stvoriti integrirani front mira u drugoj zemlji. Oduvijek je imao tendenciju štititi ostalu djecu. Jedna je sestra otišla postati redovnica, a druga se udala i rodila četvero djece. Njih su dvoje u životu slijedili suprotne staze, ali niti su zaboravili drugoga niti su prestali biti prijatelji. Oboje su živjeli u talijanskoj Veneciji. Postao je svećenik, ali ne po izboru već po znaku sudbine. Pozvao ga je Isus. Događaji zbog kojih je odlučio postati svećenik bili su sljedeći: Kad je bio dijete, igrao se tiho s jednim od svojih prijatelja na mostu koji je točno iznad rijeke. Igra koju su igrali je bila obilježen. Uzbuđen zbog igre, popeo se kroz ogradu mosta kako bi se maknuo od protivnika. Noge su mu zadrhtale, zavrtjelo mu se u glavi i lažnim korakom pao je točno u rijeku. Struja je bila jaka jer je rijeka bila potpuno poplavljena. Chiavaretto je pokušao plivati, ali nije imao iskustva u vodi. Postupno je tonuo, a njegov je prijatelj samo gledao jer ni on nije znao plivati. U tom trenutku u blizini nije bilo odraslih. Malo po malo, Chiavaretto je gubio snagu, a također i svijest. Kad je osjetio da je pri kraju, zazvao je sveto ime Isusovo. Brzo je osjetio snažnu ruku koja ga je držala i glas koji je rekao:

"Pedro, ne boj se!

To mu je bilo ime: Pedro Chiavaretto. Moćna ga je ruka podigla i izbacila iz vode. Kad je bio spašen, na obali rijeke, tajanstveni čovjek je nestao. Od tog se dana Pedro Chiavaretto posvetio isključivo religiji i postao svećenik. Ovo je iskustvo bila njegova tajna, nikome nije rekao.

Kratki trenutak razmišljanja prolazi i svećenik kreće prema oltaru. Gleda u zajednica i provjerava da je to isti sastav ljudi kao i uvijek: bogati i moćni, koji sjede u najboljim klupama, a oni manje sretni u ostalim. Ova vrsta podjele uznemirila ga je jer je bila upravo suprotna onome što je naučio u sjemeništu. Ljudi su jednaki pred Bogom i imaju istu važnost. Ono što ljude razlikuje i čini posebnima su njihovi talenti, karizma i druge osobine. Bez obzira na to, nije mogao učiniti ništa. Proglašenjem Republike i Ustava 1891. došlo je do službenog odvajanja crkve i države. Brazil je od tog trenutka postao konstitutivna zemlja bez službene religije. Crkva je također izgubila velik dio svoje moći i privilegija. Uz to, Grupa pukovnika (koja je vladala na sjeveroistoku) bila je vrhovna u svojim odlukama, odlukama protiv kojih crkva nije mogla ići.

Svećenik započinje slavlje i jedine koje zaista obraćaju pažnju na njegove riječi su pobožne Christine i Helen, jer obje znaju latinski. Ostali su išli u crkvu samo kako bi pogledali odjeću i stilove ostalih i ogovarali. Nisu imali pojma o pravom značenju mise. Svećenik govori o opraštanju i o tome da moramo biti pažljivi na znakove koji nam dolaze iz srca. Kaže da je ovo najbolji kompas za izgubljene putnike. Misa se nastavlja i dostiže trenutak zajedništva. Kad svećenik pretvori kruh i vino u tijelo i krv Isusa Krista, čini se da Christine vidi Klaudija na tom oltaru, pokraj Oca. Odmahuje glavom i vid nestaje. To je bio drugi put da joj se tako nešto dogodilo. Prvi put se dogodilo da je plela na trijemu svog doma. Što joj se događalo? Njezine misli ne bi ni poštovale masu.

Christine odlučuje ne pričestiti se jer nije bila pripremljena i nije se osjećala potpuno čisto da sudjeluje u tome. Helen to čini. Proslava se nastavlja i Christine se pokušava usredotočiti na svećenikovu propovijed. Pazi na svaku njegovu riječ koju izgovori. U tom je trenutku napokon u stanju malo zaboraviti Claudio i zaboraviti divan piknik. Gotovo mu se dala na planini. Suzdržavao ju je strah od presude i oca. Svećenik daje posljednju blagoslov i Christine se osjeća olakšanom. Ne bi se više trebala brinuti hoće li zadržavati misli.

Razmišljanja

Christine, zajedno sa svojim roditeljima, napuštaju ovisnosti male kapelice sv. Sebastiana. Major se oprašta od njih i odlazi brinuti o poslu u zgradi Udruge stanovnika. Dva povratka kući. Usput, Christine počinje razmišljati o propovijedi koju je malo prije čuo svećenik. Je li dobila oprost od majke nakon izlaska iz samostana? Je li joj bilo oprošteno? Odgovor na oba pitanja je ne. Njezina majka, razočarana nakon izlaska iz samostana, nikada više nije bila ista ona majka koju je naučila voljeti i poštovati. Više nije voljela niti joj je pokazivala bilo kakvu brižnu emociju kao prije. Njezina majka više joj nije bila prijateljica, već samo suputnica. Iznova je govorila o samostanu i komentirala kako bi bila tako sretna da ima kćer redovnicu. Još uvijek je hranila vlastite nade da će se Christine tamo vratiti. Što se tiče vlastite sudbine, Christine je još uvijek gajila sumnje. Bila je sigurna u osjećaje koje je osjećao prema Claudio, ali se bojala potpuno se predati ovoj strasti i na kraju povrijediti.

Christine je u samostanu naučila da ljudi imaju mnogo strana prema njima i da im se ne može vjerovati. Što se tiče činjenice da slijedi svoje srce, ona je to odbila slušati u najvažnijim trenucima svog života. Nije poslušala kad je pisalo da se ne miješa sa sinom vrtlara u samostanu. Jednom protjeran, napustio ju je bez objašnjenja. Također ga nije poslušala kad ju je zamolio da popusti Claudio, na planini. Umjesto toga, radije se pokoravala društvenim konvencijama i strahu. Oba puta je odbila poslušati srce, bila je ometena. Christine sklopi pakt sa sobom i prihvaća ga slušati sljedećom prilikom. Misa oca Chiavaretto pokazala se korisnom.

Vodopad zvan Sucavão

Bilo je mirno utorak ujutro. Dan prije jaka kiša ispunila je rijeke i potoke. Mjesto je vrvjelo brojnim kupačima iz cijele regije zabavljajući se u rijeci Mimoso. U međuvremenu, skupina mladih prijatelja na čelu s Claudio bila je na putu prema Christine rezidenciji. Molili bi je da ode na još jedno posebno putovanje. Dolaze u rezidenciju i plješću rukama da bi ih se čulo. Gerusa, kućna pomoćnica, otvori vrata.

"Što želiš?

" Ovdje smo da razgovaramo s Christine. Je li kod kuće?

"Ona je. Pričekaj trenutak. Nazvat ću je.

Nekoliko trenutaka kasnije, Christine se pojavi nasmiješena i spremna razgovarati s njima.

"Gerusa mi je rekla da ste htjeli razgovarati sa mnom. O čemu?

Oglasio se Claudio, vođa grupe.

"Tu smo da vas pozovemo da pođete s nama na zanimljivo putovanje. Jučerašnjom kišom izlile su se rijeke i potoci regije. Cijeli grad uživa u tome. Na farmi Frexeira Velha, u blizini ovdje, postoji vrlo posebno mjesto koje vam želimo pokazati. Što kažeš?

"Ako obećate da neće biti iznenađenja poput onog vremena na pikniku, idem. (Christine)

"Neće biti. Oduševit ćete se mjestom. (Fabiana)

"Obećavamo vam da ćemo vam pokazati vrlo posebno jutro. (Rafael)

Ostali članovi grupe također potiču Christine da prihvati i ona na kraju pristane. Napokon, u tom trenutku nije radila ništa važno. Ako malo izađe, pomoglo bi joj da bolje razmisli o nekim idejama. Uz Christine pristanak, skupina je krenula prema odredištu koje je ona ignorirala. Claudio joj je pružio ruku i ona je prihvatila slijedeći nagone svog srca. To je naučila od svećenika. Tjelesni kontakt natjerao je Christine da zaroni u paralelne svemire daleko izvan mašte običnog ljudskog bića. Na tim mjestima nije bilo mjesta ni za koga osim za nju i njezinu voljenu. Bila je udana s najmanje sedmero djece, svi iz Claudia. Njezinim predrasudama i moralno nestabilnim roditeljima nedostajalo je snage da utječu na nju u njezinoj mašti. Da je planina Ororubá doista sveta, nastavilo bi se s njihovim zahtjevom i ove planove pretvorilo u stvarnost. Iako je to bilo gotovo nemoguće iz dva razloga. Prvo, jer je bila kći majke koja je još uvijek gajila nade da će postati redovnica. Drugo, imala je oca koji joj je projicirao budućnost (po njegovom mišljenju sretnu), udavši je za nekoga sa svoje društvene razine. Uz to, oboje su imali predrasude.

Skupina se malo zaustavlja kako bi se svi mogli piti vodu. Claudio ni na trenutak nije puštao Christine ruku. U njegovom bi umu Christine bila samo njegova, gledajući kako su međusobno povezane. Od trenutka kad ju je upoznao, život mu se promijenio. Počeo je pridavati manje značaja pijenju i pušenju. Praktički je to prestao činiti. Njegovi prijatelji također su primijetili promjene. Postao je karizmatičniji i vedriji čovjek. Više se nije žalio ni na posao ni na račune. Osvijetljen je Božjom ljubavlju. Za Christine je bio spreman učiniti sve: Suočiti se sa zastrašujućim Majorom i njegovom suprugom; suočiti se s javnim mnijenjem; suočiti se s Bogom i svijetom ako je potrebno. Upoznavao je pravu ljubav, za razliku od drugih vremena kad je izlazio.

Skupina ubrzava korak i za desetak minuta stiže do farme Frexeira Velha. Skreću se udesno i hodaju još nekoliko metara jer ih je prečac odveo do ruba željezničke pruge. Napokon stižu na odredište i Christine je zadivljena. Okrenuta je prema prirodnom bazenu isklesanom u kamenu i s pogledom na mali potok.

" Dakle, ovo ste mi htjeli pokazati. Senzacionalno je!

"Znali smo da će ti se svidjeti. To je izvrsno mjesto za malo opuštanje. Zove se Sucavão. (Claudio)

Svi oni trče prema ovom malom čudu prirode. Claudio se malo odmakne od Christine i počne ludo skakati po vodi. Nekoliko sekundi ostaje potopljen. Christine se zabrine i počne ga tražiti po cijelom bazenu. Kad se najmanje nada, dvije snažne ruke drže je za bedra i Claudio se ponovno pojavljuje, grleći je.

" Jeste li me tražili?

Christine ne govori ništa i naslanja svoje male ruke na Claudio ramena. Osjeća trenutak i približava joj se. Njegove ustrajne usne traže njezine. Njih dvoje se pronalaze i izazivaju buran pljesak. Christine i Claudio okreću se prema drugima i smiju se. Njihova veza je potvrđena. Svi nastavljaju uživati u bazenu. Claudio i Christine ne miču se jedni s drugih. Skupina provodi cijelo jutro u Sucavão, a zatim se kasnije vraća svojim kućama.

Trgovina

Izlazi vrlo sunčano jutro u srijedu i Christine se upravo probudila. Ustaje iz kreveta i kupa se. Ulazi u kupaonicu, uključuje slavinu i hladna voda poplavi joj cijelo tijelo. U tom trenutku njezin um putuje i slijeće točno u događajima od prethodnog dana. Razmišlja o Claudio zagrljaju i poljupcu. Početni fizički kontakt učinio ju je još sigurnijom u onome što osjeća prema njemu. Bilo je to nešto stvarno trajno. Isključuje vodu, sapuni se i strah počinje obuzimati njezine intimne misli. Što bi bilo s njima kad bi to saznali njezini roditelji? Bi li ljubav bila jača od predrasuda i društvenih konvencija? Je li planina zaista odgovorila na njezin zahtjev? Odgovor na ova pitanja nije znala. Jedino što su mogli učiniti bilo je uživati u trenutku i nadati se da će trajati zauvijek.

Ponovo uključuje vodu i prijašnji strah nestaje. Bila je spremna boriti se za tu ljubav čak i ako ju je skupo koštala. Voda iz slavine prisjeća je da se sjeća Sucavão i kako je to mjesto bilo čarobno. Ona misli da bi svi trebali biti poput rijeke koja teče i koja se u potpunosti predaje svojoj sudbini. Tako bi se ponašala u odnosu na svoju ljubav, Claudio. Hladna voda počinje joj smetati i ona je odluči isključiti. Uzme dva ručnika i počne se sušiti. Nakon što se potpuno osušila, odijeva se i odlazi u kuhinju na doručak. Po dolasku zatiče Gerusa kako služi roditeljima.

" Već gore? Izgledaš odlično. Što se dogodilo?

" Ništa, majko. Upravo sam imao laku noć.

" Moja je kći dobra djevojka, ženo. Ne bi učinila ništa protiv naših principa. (Major)

Ledena jeza obišla je Christine tijelo i u tom se trenutku činilo da su njezini roditelji pogodili njezine misli. Odluči šutjeti kako ne bi pobudila sumnju.

"Što kažete da danas idemo na sajam? Treba mi voće, povrće i grah. (Helen)

" Rado ću poći s tobom, mama. (Christine)

" Pa, ne mogu. Ja ću se pobrinuti za posao. (Major)

Njih dvoje završe doručak i odu na tržnicu. Tržnica Mimoso postala je veliki događaj koji je mamio posjetitelje iz cijele regije. Tog je dana bila intenzivna gužva i trgovina je cvjetala. Christine i Helen prilaze Olivia voćarstvu i u tom se trenutku činilo da su se nebesa prekrižila u razmjeni pogleda između Christine i Claudia.

" Jeste li ovdje? Nisam to očekivao. (Christine)

"Moja me majka ostavila da vodim svoj šator. Što dijete ne bi učinilo za majku? Kako ste gospođice?

"Vrlo dobro.

"Nisam znao da ste vas dvoje tako dobri prijatelji.

Christine pomalo prikriva osjećaje prema Claudio i odgovara:

" On je dio grupe prijatelja s kojima izlazim, a osim toga, on je moj kolega, jeste li zaboravili?

"O da. Poreznik.

Claudio namigne Christine u znak prijateljstvo. Njih su dvojica morali lažirati do pravog vremena. Claudio pita:

"Što ćeš imati?

"Želim dva tuceta banana, tri papaje i šest manga. (Helen)

Christine obraća pažnju na svaki muški detalj svoje ljubavi i impresionirana je. Nije sumnjala: on je bio muškarac kojeg je željela, bez obzira na to koliko je prepreka morala prevladati. U samostanu je naučila da je pobjednik onaj koji se imao hrabrosti odvažiti. Claudio im daje plodove, a Christine i Helen odlaze na drugu stanicu. Tržište će biti otvoreno do 14:00.

Slučaj krave

Major Quintino, kao jedan od pionira u regiji, postao je bogati vlasnik plantaža i posljedično jednom od najvećih stočara u regiji. Jednog su dana njegovi zaposlenici prelazili stoku preko željezničke pruge kako bi imali pristup drugom dijelu zemlje. Slučajno se tog istog trenutka na pomolu pojavio vlak velike brzine. Zaposlenici su požurili prijelaz i kondukter vlaka pokušao se zaustaviti, ali bez uspjeha. Vlaku je udario jednu od krava koja je od udara uginula. Vozač je nastavio put, a zaposlenici su bili zgroženi. Okupili su se i odlučili sve reći majoru.

Kad je major čuo priču, naredio je svojim zaposlenicima da postave golemu stijenu na tračnice željezničke pruge. U to isto vrijeme bojnik je ostao smješten čekajući vlak. Pojavio se na horizontu točno na vrijeme i kad je inženjer primijetio stijenu, kratko se zaustavio pokušavajući izbjeći pad. Srećom, bio je uspješan i nitko nije ozlijeđen. Vozač se iznervirao, sišao s vlaka i pitao:

"Tko je taj kamen stavio nasred željezničke pruge?

U tom mu trenutku major prilazi i pita:

"Kako se zovete, gospodine?

"Zovem se Roberto. Reci mi, tko mi je stavio ovaj kamen na put?

" Ovdje su je smjestili moji ljudi. Vidim da ste danas uspjeli zaustaviti vlak. Međutim, baš jučer, gospodine, niste bili uspješni i pogodili ste jednu od mojih krava.

"Nisam ja kriv. Vlak je dolazio punom brzinom i kad sam shvatio da je krava još uvijek, bilo je prekasno.

" Vaše mi isprike ne koriste. Ne brinite: neću vas otkazati vlastima niti tražiti da platite kravu. Međutim, od sutra, svaki put kad prođete kroz ovo selo, bit ćete obvezni zaustaviti se ispred moje kuće i pitati hoće li itko od moje obitelji putovati. Ako je tako, pričekat ćete koliko je potrebno da se pripremimo. Ako ne, možete pratiti putovanje. Jesmo li jasni?

" Pa, pretpostavljam da nemam izbora. Fino.

Major zapovjedi svojim zaposlenicima da povuku kamen kako bi vlak mogao nastaviti put.

Novine

Major Quintino bio je poznat u cijeloj regiji po svojim metodama mučenja. Najpoznatiji od njih bio je, bez sumnje, strašni tisak. Bio je to željezni instrument s pet prstenova, jednim za postavljanje na vrat, dva za svaku ruku i dva za svaku nogu. Majorovi neprijatelji bičevani su u tisku, često do smrti.

Jednom je majoru ukradena tri konja, a lopova je vidio jedan od njegovih zaposlenika. Lopov je na neko vrijeme nestao i bojnik ga nije uspio pronaći. Kada je slučaj zaključen, lopov se odlučio vratiti i viđen je u šetnji oko Mimoso. Major je odmah znao da je to on i poslao svoje zaposlenike da ga zadrže. Lopov je uhvaćen i stavljen u tisak. Izmučen i ponižen, lopov je priznao zločin i rekao da je prodao konje da bi se malo promijenio. Razljućeni major nije mu oprostio i naredio je svojim zaposlenicima da ga šibaju cijelu noć. Lopov je podlegao ozljedama i umro. Majorovi zaposlenici pokupili su tijelo i pokopali ga. Bio je jedna od žrtava ovog arhaičnog sustava društva; Sustav koji ubija i prije presude.

Kraj

www.ingramcontent.com/pod-product-compliance
Ingram Content Group UK Ltd.
Pitfield, Milton Keynes, MK11 3LW, UK
UKHW022219230426
12048UKWH00016BA/943